魔镜丛书

Meng
Huan
Zhizao
Zhe

梦

幻制造者

电视、电影和我

陈昌凤　张　洁　主编
王　煜　编著
福建人民出版社

总　序

我们头脑中的世界从何而来?

你印象中的"圣诞节"、"美国"、"乾隆皇帝"、"杨利伟"、"外星人"、"F4"、"武侠"是什么样的? 你是如何知道的? 你头脑中"苗条"、"酷"(cool)、"高尚"的概念是怎样的? 这些见解是如何形成的?

你有钟爱的玩具、服装、运动鞋、游戏的品牌吗? 你是如何获知的? 如果是从老师、同学、朋友那里知道的,他们又是从何处了解的?

1

信息，就像我们呼吸的空气一样，是我们生活的一部分。在这个信息爆炸的社会里，我们的头脑里充满了各种各样的信息，有的是"看到"的，有的是"听说"的，更多的是通过广播、电视、报纸等大众媒体获知的。我们在信息中融入自己的想象和思考后，便形成了对各种事物的认识。可是，这么多的信息，哪些是真实的，哪些可能不是呢？

真的？——我亲眼看见的！

俗话说，眼见为实。我们头脑中的信息只有一小部分是亲身接触到的，可谓弥足珍贵。按理说，这部分信息是最可靠的——"我亲眼看见的！""不信你去看看！"

下面就是一则"看"的故事：

早在19世纪，在哥廷根曾经召开过一次心理学会议，与会者是训练有素的观察家。在会议厅不远处正在进行一项公共庆典活动，其中有一个化装舞会。会议正在进行，突然，会议厅大门被人撞开，一个小丑冲了进来，一个持枪黑人在后面狂追。他们在大厅中央厮打，小丑倒下了，黑人扑上去开枪射击，然后两人一起冲出了大厅。整个事件持续了不到20秒钟。

其实，这是事先导演好的一项实验，但与会者并不知情。会议主席要求在场的40位观察家各写一篇报告。结果报告中有25篇事实错误达40%以上，有24篇杜撰了10%以上的细节。报告中有10篇可归入故事或传奇，24篇是半传奇，只有6篇接近准确的事实，但其中错误率低于 20%的只有 1 篇。

这是因为，大多数人都用自己头脑里关于打斗的印象，取代了一部分事实。换句话说，他们是用自己的头脑修正或解读了事实。

你看，即便是训练有素的观察家，也无法准确地描述出亲眼所见的事实。假如这些观察家是一群记者，他们的报道刊发在第二天的各家报纸上，作为读者，你会质疑他们笔下传奇或半传奇的故事吗？

真的？——我亲耳听到的！

我们常常用"听"来的信息描述现实世界，这些信息可能来自权威人士、意见领袖，比如你的老师、家长、偶像，也可能来自同学、朋友、陌生人。无论是"你听他说"还是"他听你说"，在传播学中都被称为"人际传播"。人际传播是通过面对面的方式进行的，感觉很亲切，也比较可信。

不过，有的信息可能是经过了 N 次传播才到达你这里的。比如说，老师和家长把他们宝贵的人生经历、生活感悟告诉你，他们的这些经历和感悟，有的是直接的，有的是间接的，有的可能是他们从媒体上获得的。在人际传播中，由于每一个人都自觉不自觉地担任着"转述"的任务，所以他们通常都会添加自己"合理的想象"，让事实变样。有句俗语：东街的"牛角瓜"，传到西街就成了"牛讲话"。

在下面这个故事里，你觉得自己有可能成为谁呢？值班军官，排长，还是那位士兵？

3

据说,1910年美军的一次部队命令是这样传递的:

营长对值班军官:明晚大约8点钟左右,在这个地区可能看到哈雷彗星,这种彗星每隔76年才能出现一次。命令所有士兵着野战服在操场上集合,我将向他们解释这一罕见的现象。如果下雨,就在礼堂集合,我为他们放一部有关彗星的影片。

值班军官对连长:根据营长的命令,明晚8点哈雷彗星将在操场上空出现。如果下雨,就让士兵穿着野战服列队前往礼堂,这一罕见的现象每隔76年将在那里出现。

连长对排长:根据营长的命令,明晚8点,非凡的哈雷彗星将身穿野战服在礼堂出现。如果操场下雨,营长将下达另一个命令,这种命令每隔76年才会出现一次。

排长对班长:明晚8点,营长将带着哈雷彗星在礼堂出现,这是每隔76年才有的事。如果下雨,营长将命令彗星穿上野战服到操场上去。

班长对士兵:明晚8点下雨的时候,著名的76岁的哈雷将军将在营长的陪同下身着野战服,开着他那辆"彗星"牌汽车,经过操场前往礼堂。

真的?——报纸上说的!

媒体报道的事实,是真的吗?报道与事实是什么关系?新闻是如何出笼的?这个世界每天都在发生不计其数的各类事件,为什么媒体只选择了这些来报道,而不是另一些?报道什么和不报道什么,谁来决定?你相信那些报道吗？为什么？

我们每一个人生活的地方，都只是世界的一角，如果我们只依靠亲身接触和面对面的交流来获得信息，那视野就太狭窄了。实际上，我们获得的绝大部分信息，都来自报纸、杂志、广播、电视、电影、书籍、网络这些大众传媒。其中报刊、广播、电视等新闻传媒和网络，拥有的信息量尤其大，动态性很强，因此对我们的影响也非常大。

这样，在大众传媒工作的记者、编辑和导演、制片人等，就成了我们的"耳目"。特别是在新闻媒体工作的记者，他们及时搜集各种信息，从中挑选一些迅速报道给我们。他们是成长、生活于不同的社会意识形态、经济条件、文化背景中的人，是为各种有特定目标、报道准则、社会规范下的媒体工作的人，所以他们在用自己的头脑去判断和选择的时候，就必然各有不同。

于是，在不同政治、经济、文化背景下，同一事件，可能会被人生阅历、专业修养、教育程度相异的记者们，报道成不同的样子。

大众媒介：通往世界的窗户，
还是扭曲现实的魔镜？

有一部由西方社会学者写的书，名叫《媒体制造》(Media Making)，其书名包含两方面的含义：第一，世人制造着媒体(The world is making the media)；第二，媒体创造着世界(The media is making the world)。也有人创造出词汇 Mediamerica, Mediaworld（媒介化的美国，媒介化的世界）。的确，从某种意义上讲，这个信息化的世界是由传媒"塑造"的。大众媒体带来了浩瀚如海的信息，人们足不出户就看到了香港回归祖国的仪式，听到迈克尔·杰克

几百万年前，人类诞生，后发明语言。
传播方式：口耳相传

历时：数万年

公元前 3500 多年，文字诞生。

历时：几千年

6-7 世纪，雕版印刷诞生。
11 世纪，活字印刷诞生。

历时：几百年

1920 年 11 月 2 日，美国匹兹堡 KDKA 电台开播，标志着世界广播事业的诞生。

1936 年，英国广播公司建立了电视发射台，世界电视事业诞生。

历时：几十年

20 世纪 80-90 年代，互联网事业诞生。

逊的演唱，观赏澳洲的袋鼠和非洲的羚羊……信息无处不在。而且，你身边的世界、你的好友亲朋以及你自己，在媒体的"渗透"下，也正悄然地发生着变化。

技术报时

假如我们把地球上的生命——从单细胞动物发展至今的历史比作一天，那么大众传媒出现于这漫长一天的最后一秒。但这最后一秒的嘀嗒一声，却非同寻常：似乎世界突然缩小了，人的视觉、听觉突然扩展了，人们的注意力从过去转向了未来。最最重要的是：人类一下子变得更有力量了！

大众传媒是在人类传播活动中产生的。传播已经进

入第五次革命:语言的产生是第一个里程碑;文字的出现带来了信息传播的第二次革命;印刷术和纸张使人类一下子拥有了三种传媒——书籍、刊物、报纸;电报的发明,使世界一下子变得如此之小,催生了三类传媒——电影、广播和电视;计算机出现后,人类开始进入网络革命时代。传播革命的频率越来越快,如果把发展了数百上千年的报刊业比作1小时,那么20世纪广播电视从诞生到普及,只用了不到1分钟。

传媒一出现,就参与了一切意义重大的社会变革——智力革命、政治革命、工业革命、道德观念革命,以及个人兴趣爱好、理想抱负的变革。于是,每一次传播的重大变化,都伴随着一次重大社会变革。今天,一份大型日报一天所载的信息,可能相当于17世纪一个普通人一生所接触的信息的总和。

政治风云因传媒变幻

几乎在诞生伊始,传媒就和政治结下了不解之缘。尤其是广播、电视、网络等大众媒体产生之后,影响力大,受众面广,折射并且影响着世界政坛的风云变幻。

1960年,美国总统大选。作为两位最有实力的候选人,尼克松和肯尼迪进行了首次电视辩论,成千上万的美国选民观看了这次辩论。当时从获得支持的情况来看,尼克松明显优于肯尼迪,因此,他似乎没把电视当一回事。在镜头前,他表现保守,一问一答,缺乏活力,完全没有调动观众的情绪。相比之下,肯尼迪显得十分轻松,沉着冷静,无论对方提出什么问题,他都面向观众,侃侃而谈。

辩论的结果不言而喻,大量的选民迅速倒向肯尼迪这一边。肯尼迪以他的这次亲身实践证明:大众传媒影响了人们的判断和选择,也影响着一个国家的政治和历史。

38年后,1998年1月,31岁的网上"个体户"麦特·德拉吉(Matt Drudge)通过他独自创办经营的邮件列表(mailing list)《德拉吉报道》(Drudge Report)向人们发送了一份邮件,报道了美国《新闻周刊》在付印前最后一分钟抽掉的有关克林顿性丑闻的长篇爆炸性新闻。而《德拉吉报道》订户中的众多记者好像在同一时间听到了发令枪响,迅速全线出击,掀起了在美国新闻史上前所未有的一次"绯闻报道狂潮"。转眼间,轰炸伊拉克的计划及罗马教皇访问古巴这些举世瞩目的新闻成了不足挂齿的边角料,《德拉吉报道》一举成名。这对于当时的美国总统克林顿、美国以及世界政坛,都产生了巨大的影响。

时至今日,网络给了人们最充分的发表言论的机会,从人民网的"强国论坛"到各大校园网的BBS,处处可见针砭时弊的网友评论。但是,这些评论往往良莠不齐,在阅读、使用它们的时候,最重要的是保持理智的头脑,坚持自己的判断,汲取有益的成分,这样才能真正的知天下事。

传媒与经济:只认"孔方兄"?

在世界范围内,传媒经济越来越热,传媒收入在国民生产总值中的比重越来越高。在中国,有人说:传媒是中国最后一个暴利行业。除了自身的经济行为,传媒还影响着整个社会经济:关注经济热点,炒作经济概念,推动经济运行……

在你津津有味地观看米老鼠、唐老鸭、狮子王、兔子罗杰的时候,在你被《超人》、《哈利·波特》、《泰坦尼克号》感动得热泪盈眶的时候,你是否意识到,你在为迪斯尼、维亚康姆这些传媒集团的经营作贡献?在你收看电视节目,购买最新的VCD、DVD的时候,你是否意识到,你的行为也会对这个信息构建起来的世界产生一定的影响呢?

迪斯尼的一切都是从一只可爱的米老鼠开始的,以米老鼠为主角的各种卡通书籍和电影为迪斯尼带来了声望和财富。迪斯尼公司也走出美国,走向世界,在几个国家经营的多家迪斯尼主题公园每年的收入就达到了250亿美元。80年代开始,迪斯尼的品牌随着中央电视台每天傍晚30分钟的《米老鼠与唐老鸭》的播出,深深地印入了中国少年儿童的心灵。

新闻集团的老板默多克说过这样的话:中国是世界传媒的最后希望。近年国际著名传媒集团,纷纷把目光转向了中国市场。全球最大的娱乐传媒集团之一维亚康姆公司来中国寻求发展时,其董事长说不只要把纽约或欧洲的音乐带到中国来,还要开发中国本地的音乐和文化,并带到全世界。传媒在赚钱的同时,也对文化和社会生活带来必然的影响。

中国的传媒也在发展壮大,目前已经成为第四支柱产业。你的长辈是不是抱怨报纸上的广告越来越多了?你是不是也为心爱的电视剧被一条条广告割裂而痛心过？如果你们知道那一版广告每天给报纸带来几十万的收入，那几秒电视广告一年给电视台带来几千万的效益，会作何感想？通常情况下，如果一张报纸没有什么广告，那可能意味着它的失败或只是"赔本赚吆喝"。

传媒是经济晴雨表。一个国家、一个地区只有经济发达了，才会有大量售卖广告的需求，才会有发达的传媒。所以，传媒发展水平与经济水平通常是相适应的。

传媒集团的出现改变了整个世界的经济结构，在政治课本里，它们暂时被划为第三产业，但传媒的经济特性及其对社会经济却产生着更复杂而深远的影响。

传媒与社会：
你的脑子里装"过滤器"了吗？

在这个信息构建起来的世界里，有"大话西游"的交流语言，有"蜡笔小新"式的成人童话，有"黑客帝国"的视觉冲击，有"动物世界"的神奇多变，还有日复一日、重复了无数遍的广告……

有人说，电视削弱了父母和学校的影响力，你赞同吗？你的父母、老师有没有跟电视、网络作过"斗争"？

传播学者麦克卢汉曾在《了解媒体——人的延伸》一书中，强调电视不仅是娱乐工具，还是塑造现代人心灵、改变整个生活情境的新力量。人们除了工作、学习和睡觉以外，最多的时间花在了大众传媒上。许多国家12岁以前的儿童花在看电视上的时间，同在学校里的时间

10

一样多。人们对于遥远地方的几乎所有印象，都来自传媒。商业广告甚至还"塑造"了人们的兴趣爱好。

很多调查显示，大众传媒影响着青少年的世界观和人生观，有一项著名的调查，研究了美国饱受赞誉的电视节目《芝麻街》(Sesame Street)对青少年的影响。《芝麻街》节目中所描述的女性角色多是做清洁工的、司母职的，模仿的、卑屈的、智慧有限的，只有男性是愉快的、担任重要职务的，且男性出现频率为女性的两倍。调查显示，青少年观众心目中的性别角色定位，与《芝麻街》节目中所描述的如出一辙。

也有人拿美国的另一部连续剧《一家人》(All in the Family)来做实验。这是一个成人喜剧，但也吸引了不少青少年观众。剧中的中心人物庞克尔是一个十分传统、固执、又充满偏见的蓝领人士。剧中有一段描述庞克尔的邻居夫妇——先生负责做菜，太太负责修理家庭用具的情形。这对夫妇扮演的是非传统的角色。实验中，这些小观众分几个小组看电视，并在看电视前后接受访问，以了解他们对性别角色的看法。结果他们在看完电视之后，对性别角色的"刻板看法"减少了。

在这个信息爆炸的时代，我们每天都会接触到大量的传媒信息，其中有些对我们有用，有些却会浪费我们的生命、损害我们的健康。心理学家认为接收过量信息会令人孤独、脑筋迟钝，难以专注于真正重要的信息，还会使人际关系变差。有舆论认为这都是电视惹的祸，电视造成少年儿童的早熟、消费主义、暴力、价值观混乱等等不良影响，你如何评价？

回顾一下你的课余生活，你是否曾沉迷于一首动听的流行歌曲而旁若无人？你有没有为一部电视连续剧而废寝忘食？你可曾因为错过某个喜爱的电视节目而气急败坏？如果某日无法上网，你会否急得寝食不安？

有一个形象的比喻，比喻那些一味沉迷于电视、导致体形臃肿的人，叫做"沙发土豆"。美国研究人员发现，1岁至3岁的儿童看电视越多，到7岁时，注意力不集中的情况就越严重。台湾地区一项调查显示，看电视和身体质量指数有相关性，孩子看电视的时间越久，就容易发胖。

网络迷则有更多的问题。据2004年7月消息，北京海淀检察院从对海淀看守所在押的未成年犯罪嫌疑人的调查发现：73名有上网经历的未成年犯罪嫌疑人中，39人承认自己走上违法犯罪道路是因上网引起或与上网有关，占53.4%。

电视剧《还珠格格》热播时，上海、辽宁等地的医院相继接待了不少想拥有剧中"小燕子"那样的大眼睛的少儿观众。尽管医生一再劝说，他们仍坚持要进行整容手术。手术过后，病人都对自己的眼睛很不满意，后悔当初要"小燕子"的大眼睛。还有浙江、辽宁等地的小电视迷，模仿剧中偶像上吊、服毒。

据报道，《流星花园》播出后，太原某中学少数学生模仿剧中的F4，身着奇装异服结伴出入，上课时与老师顶嘴，想来就来，想走就走。他们在学校内打骂同学、辱骂老师、借钱不还、调戏女生，被师生们称为"春秋五霸"。因此有评论说：《流星花园》一时成为"校园流感"。

为什么会这样？难道都是传媒惹的祸？

在传媒丛林里，我们怎样才能不迷路？在信息海洋里，我们如何能够不溺水？怎样取舍、如何处理自己需要的信息？怎样区分"传媒真实"与"客观真实"？传媒与社会是如何相互影响的？传媒是通过何种手段产生影响的？不同传媒如何生存？有何特征？各用何种语言和表达技巧？如何不被传媒牵着鼻子走？或者说，我们如何成为自主的读者、听众和观众？

本套丛书正是希望帮助小读者们解决以上问题，在我们的头脑里装上净化媒介信息的"过滤器"。我们只有懂得传媒与社会的关系，才能主动地运用传媒表达自己、参与社会，做社会的主人翁。

目录

电视编

电视台里的究竟

电视的英文单词是 Television。该词中的 "tele" 有 "远"和"远处"的意思,而"vision"有"视"和"看"的涵义。因此,Television 的原意是:"从远处看"。我们能从电视机里收看到电视台播放出来的电视节目,但是你是否知道电视台的"庐山真面目"呢?

咱们去电视台看看吧

你看过中央电视台的 "新闻联播"、"焦点访谈"、"大风车"、"非常 6+1"、"开心辞典"、"幸运 52"、"实话实说"、

"探索发现"等等栏目吧？要知道这些栏目不是中央电视台所有栏目的全部。可是，光这些栏目每年播放的节目数就相当可观了。

那么多的节目，到底是怎样生产出来的呢？这似乎是个难解的谜。现在，请你跟我们一起出发，到这个生产节目的迷宫去看一看吧。

首先我们来看看电视新闻栏目的工作间。你看，这些"电视人"都在电脑前忙碌着。如果没有突发事件可以报道的话，报道什么不报道什么就需要仔细研究一番了！

通常，在进行采访或者报道之前，"电视人"需要进行必要的调研工作。你可别被"调研"吓住了。其实按部就班地做，也没那么可怕。首先，电视人从浩如烟海的信息中，要找出什么事儿值得报道，以及通过报道想说明什么。也就是所谓的主题是什么，目的是什么。你说这个话题很重要，谁都该知道。好的，报！你说这事儿很有趣，保准让大家乐。好的，报！你说这个问题很实用，能让人受益，值得报。好的，值得报就报呗！

定下了报什么之后，就要盘算怎么报的事情了。凡事都有起因、经过和结果，你先得把这件事的来龙去脉弄清楚了，才能给观众讲明白，是不是？所以接下来啊，调研工作还要继续，你得尽可能多地知道和这事儿有关的信息，决定把哪一部分告诉观众，要采访哪些人，拍哪些场面，怎样来完成节目的制作,等等。所有这些,你都得心中有数,以便在采访和节目制作的过程中有的放矢,让节目好看点儿。通常情况下,"电视人"都会把这些东西写成一个电视脚本。这就是电视的"策划"。

想好了怎么说这事儿,"电视人"们就拿着脚本开赴发生这事儿的地方去拍摄。请注意,出发的"电视人"们有两种,一种人扛着摄像机,为摄像记者;另一种人在摄像机前说话,是出镜记者。这两类记者,有时候一起出现,有时候单独行动。目的都只有一个:在第一时间里把活生生的画面带回去。因此,"电视人"一到现场,第一件事就是架机器,按照预定的采访报道提纲进行采访和拍摄。

请等等,别以为拍完了就能收工。拍回来的只是原始的材料,就好像是切好的一盘菜,要将它摆上桌,还得等加工成熟之后。你这盘"菜"到底炒得怎么样,也有很多具体的要求,比如节目风格是轻松还是严肃,主题是大还是小,播出长

度是五分钟还是十分钟,等等。你得根据这些要求,对拍回来的东西分分类,归置一下,看看哪些能用,哪些不能用。然后把能用的部分塞到编辑机里进行剪辑。

"剪辑"就是你用镜头讲故事的过程。讲述是用倒叙

还是顺叙的方式，是记述还是抒情，都是依靠剪辑来完成，这就像写文章或组织语言一样，你将录像带上的镜头一个一个地串连在一起，来表达一个思想，实现一种意图。剪辑完了一看，啊，原来在现场拍得七零八碎的镜头经过你的组合，已经成为一个完整的故事。如果说写作是用文字讲故事，那么，剪辑就是用图像和声音来讲述一个迷人动听的故事。

很多时候，为了内容的需要，或者要增强感染力，剪辑完的节目还需要进行一些特技处理，这被称为合成阶段。电视台有专门的合成机房，你刚才看到正在忙乎的那些"电视人"，有些就是在电脑前进行合成呢。他们在合成机器上做着添加字幕、处理复杂的声音效果和镜头之间的叠画等等特技的加工。比如说，你经常在电视上看到的一个从屏幕的中心"飞出来"的画面，就是在这里经过后期特技处理而完成的。

节目合成完成后，再经过相关负责人对节目内容、观点的审查和修改，就会被送到播出线上，以等待在荧幕上与广大电视观众见面的机会。

好了，你看到的这些，就是一条完整的电视节目生产线。无论是只有在几个小时内就可以制作完成的几十秒钟的新闻，还是几天几个月做出来的电视专题类节目，甚至制作周期长达几年的大型纪录片，基本上都是按照以上的流程，在这条生产线上做出来的。

在这个生产线上忙忙碌碌的"电视人"有着不同的工作岗位,它们包括:(1)制片人。负责整个节目的资金调度和整个运作过程,是节目的"直接领导";(2)策划。负责节目的选题,给节目出主意,通常情况下,一期节目会有好几个备选题材,以便万一出现客观原因阻碍,节目依然能够正常播出;(3)编导。负责节目的具体制作,一般从前期拍摄到后期编辑都得跟着;(4)记者。负责节目的采访和摄像工作;(5)其他成员,如外联等。

有的时候,做一个节目,需要几十人甚至上百人,每一个岗位都有好几号人。可有的时候,制片人本人既是策划、编导,又是记者,再加上一个摄像,就可以把节目做完了。一个节目到底需要多少电视人来忙活,就得看节目本身的需要了。一般来说,一条单独的新闻或是简短的纪录片,两三个人也就够了;而一些大型的专题片、谈话类节目和带观众的娱乐综艺节目,上百人还不够呢。

怎么样?从电视台出来,知道里面是什么样了吧?

但是,最后我们在此还是要做些善意的提醒:电视台作为电视信息传播的"把关人",好比一个复杂的信息加工厂。从高深莫测的信息海洋中按照媒体发展的客观规律以及自己固有的思想逻辑、意识偏向,"打捞"那些据说可以赚取巨大"商业利润"和人气名声的"爆料"或噱头,以便更好地满足自己的短期利益并服务自身和社会中长期利益的发展。所以说,要是认为电视台等媒体真正能做到完全公平、公正、客观地报道百姓日常生活中新闻、故事,完全为百姓利益说话,而没有自身利益的考虑,显然是天真幼稚、脱离实际的。

你会看电视吗？

你的视力可能保持在"1.5"，所以你觉得，看电视当然没问题。可我们的问题是：你"会"看电视吗？你的视力好，只意味着你"能"看电视而已。因为"能看"只需要一双健康的眼睛，而"会看"则要通过一定的学习，了解电视的制作规律，辨别电视里面有多少真、多少假、多少对、多少错，保护自己不被电视中的有害信息所侵袭；"会看"要求你把电视的指挥棒拿过来，不跟着电视跑，而是让电视为我所用，利用电视增长自己的心智；要通过电视进行社会参与，告诉更多的人"我关心这事儿"、"我觉得这事儿应该这么办"。如果某个电视节目你不喜欢，你也可以告诉他们"我不喜欢你们的节目"，给他们提出建议，让电视节目做得更好，从而提高整个社会的文化质量。

是真还是假？

电视里面的信息多极了！今天的电视说这个保健品能提高记忆力，明天又说那个增高鞋能让你长个，你相信电视里的话吗？

其实啊，你对电视这个家伙可要留点神，它可不是有一说一。相反，电视里的信息隐藏着各种各样的价值观、偏见和错误，只要稍不留神，就容易跟着这些信息跑，上了电视的当。最明显的例子就是：医药广告满天飞，虚假用词随便用。电视里的各种医药广告一遍遍地告诉人们，这药疗效特高,吃了包治你病。没病的人也被它说成有病;患病的人,将信将疑地买来一试,试后大多上当。有数据显示,因为电视广告的影响,我国每年有250万人吃错药①。

受电视骗的人不仅中国有,外国也有。在美国,专门报道经济信息的通讯社 Bloomberg News 曾向美国各媒体发出一则报道,称"加利福尼亚的光缆制造商 Emulex 大幅下行调整结算报告,该公司 CEO 引咎辞职"。这条消息迅速被 CBS(哥伦比亚广播公司)和 CNBC(全国广播公司)麾下的电视台播出。此后,人们立即争先恐后地抛售该公司的股票,仅仅15分钟之内,股价从103美元急跌到45美元。这意味着 Emulex 公司的股价总额,一瞬间便损失了25亿美元。

可是,直到 Emulex 公司和 Bloomberg News 取得联络之后,人们才发现这是一条虚假消息。该公司的结算报告既没有错误和伪造事实的情况,也没有 CEO 要辞职的事实。

你看,这事从一开始,无论是通讯社还是电视台都没能发现它是假的。据 Emulex 公司的公关负责人表示,竟然没有一家媒体打电话来确认到底有没有这回事。电视台在发布有关股票的经济新闻时几乎是分秒必争。在这种情况下,根本没有时间确认公关通信公司发来的信息是否属实。他们只是将发布信息稍加修改,写成口播稿后就公开发布。而投资家们则认为"既然是电视上发布的信

---

① 资料来源:中华人民共和国卫生部网站:http://www.moh.gov.cn/

息,肯定没错",于是大家争先恐后地抛售股票,造成了巨大的经济损失。

所以,在平时看电视的时候,你一定要擦亮眼睛,意识到"嗯,电视里的,不一定就是真的"。当然,电视里的,也不一定就是假的。可问题在于,谎言往往和真话混杂起来,成了一盘子"杂拌儿",假作真时真亦假。面对这盘"杂拌儿",你可一定要小心了,尽量把里边的真货和假货挑出来。

谁被"遥控"?

现在的电视节目成百上千,表面上看,拥有电视机的人是你,拿着电视遥控器的人是你,不断换台的人是你是你还是你。在电视面前,你似乎随心所欲,喜欢什么就看什么。但仔细想一想,我们就会发现一个问题:你总是舍不得关掉电视。卡通看完了,调到另一个频道,哈哈,正在播放"动物世界",哪能放过?等最后一只大象也在荧屏消失之后,还可以调到电视剧频道,嘿,正演纪晓岚呢,也好看。对了,奶奶昨天看的那个古装戏里有好多武打的,今天不知道演到哪儿了……曾有一位德国妇女因为失望于电视剧的剧情,愤而将电视机扔到了窗外。随后她转身进了卧室,打开了另一台电视机。哈哈,你先别乐,如果有一天你家里没有了电视,你是不是也会六神无主,总觉得少了点儿什么呢?你喜欢说"酷"、"耶"之类的口头禅,这些语言不就是电视里的么?你把头发染成黄色、褐色、红色、绿色,说是"韩流",可韩流是从哪儿来的?还是离不开电视。这么看来,到底是你遥控了电视,还是电视遥控了你呢?

电视里每天都有大量的选美、明星和偶像崇拜等,2005年的"超级女声"更是把偶像的模仿和打造发挥到了极限。这是一场平民歌唱选秀大赛。节目大胆借用了"美国偶像"的概念和做法,口号是"没有门槛,没有距离的大众歌会"。它不限身高、长相和年龄,不要报名费,只要是女的并且能发出声音就行。这场比赛吸引了无数青春少女,导致了万人逃课只为报名参赛场面。"超级女声"的收视率几乎是空前的,除了场上的选手,一些观众也开始模仿"明星"、"偶像"的气派、言行与举止。你也是其中的一员吗?是"玉米"还是"凉粉"?你是开始像李宇春那样穿中性服装,还是已在模仿张靓颖的海豚音?如果是,那么,你是否意识到电视作为一种电子媒体已经悄然改变了或正在改变着你的生活呢?!

其实,不仅是"超级女声",电视上众多的时尚类节目时时刻刻都在将世界各地流行的服饰、化妆品等介绍给你,一会儿是"欧美流行时尚",一会儿又是"韩流",诱惑或勾引人们不断地去模仿,变化快得总是让你跟不上趟。这个时候,你有没有一种被它们控制的感觉呢?

仔细想想前面我们在电视台看到的节目生产线,你就不难发现,"超级女声"只是一场人工策划出来的电视节目,并不能代表整个社会的审美标准,更不代表你也必须具备那样的身段、那样的打扮和那样的歌喉。而且,那些五光十色的时尚节目中,很多画面都是后期特技处理的效果哦。电视上的漂亮衣服在现实中可能并不漂亮，韩国的男生女生也不是个个都染了一头黄发。因此，你完全不必跟着电视跑，而是要做电视的真正主人，学会从电视的信息里找到真正适合自己的东西，树立起自己的自信、个性、风格、尊严、信念和人生观。

当你能够对"电视秀"进行冷静评估的时候，当你能够对着各电视台都热力推荐的产品说"嗯，这个不适合我"的时候，当你能够从电视上获得你真正所要的信息，而不是"电视上说什么，我就要什么"的时候，恭喜你，你的心智和独立人格真正地走向成熟了。接下来，一个看起来更难的问题出现了……

你能影响电视吗？

在第一次走进电视台的时候，你可能还抱着这样的想法：我什么时候能够参与到节目中呢？是不是要读了相关的专业，才有可能参与其中呢？

答案当然是否定的，只要你愿意并且有足够的想法，你现在就可以并且应该多多地参与进来！一个"会"看电视的观众，也是"会"参与电视的观众。

电视让你直接看到连续的画面，用图像、声音和字幕来说事儿，让你觉得自己就像到了现场一样。其实，虽然你目前还不是一个"电视人"，可是你依然可以走进电视的空间。作为一个高质量的"会"看电视的观众，你得知道怎样利用电视来表达自己的观点，敦促电视节目办得更好，说出更多的人想说的话。那么，具体都有哪些参与电视生活或与电视、电视台互动的方式呢?

我们说，除了传统的观众热线方式外，还有现场观众、演播室、节目录制现场表演等互动方式。传统的观众热线方式，指的是请观众通过打进电话的方式参加节目，提供线索并表达意见。到如今，很多有条件的节目都设置了现场观众，尤其是综艺谈话类的节目，你可以直接跑到演播室里，也可以走进节目录制的现场;你可以在台上表演、游戏、竞赛，也可以在台下摇旗呐喊、活跃气氛。

更让人惊喜的是，你不仅可以参加到电视里去，还可以创造电视呢?想不想当一回"电视人"?那就拿起家里的数码摄像机出门吧，很多电视台都欢迎观众自己制作的DV节目(即数码摄像机摄制的节目)。你拿着小小的摄像机，把平时有趣的生活片断和出门旅行的见闻拍成纪录片，拿给那些专业的"电视人"，告诉他们，你想成为他们中特殊的一员。相信你的勇气和智慧会让你迈出关键的一步。电视台经常会从观众来片中选取优秀作品播放，说不定你的作品会榜上有名。君不见有许多市民已经赢得"市民记者"的光荣称号了吗?不仅那些名列其中的"市民记者"，有许多默默无闻、没有获得殊荣的"市民记者"也乐此不疲。他们不仅娱乐了身心、陶冶了性情，而且用自己参与的热情推动着中国电视事业的进步和发展。他们在展示自己"平民电视人"才华和风采的同时，服务了大众，以一种活力四射的方式投身于社会有机体生命的运动发展中。

不同的电视节目，参与的方式也不一样，有哪些节目可以让你更多地参与进来呢? 别着急，下面还有好多篇呢,我们会一个一个地告诉你。当然,你尽可有自己的思考和回答。在"参观"了电视台之后,相信你对电视节目的流程已经有了一定程度的了解,知道了电视是怎么做出来的。那么,现在,你是否能想一想,通过电视,你可以为身边的人乃至这个社会做点什么呢?

当你还在摇篮里的时候,电视可能就是你最亲密的伴侣。有人做了一个保守的估计,一个活到75岁的人,终其一生,大约有整整9年的时间是不舍昼夜地在电视机前面度过的。每天,电视带给你的信息来自世界各地,来源之广、内容之多、容量之大,令人眼花缭乱、应接不暇。但是,现在的你已经比别人多长了见识,那就是你意识到了:电视里的信息并不一定就是真实的。它说这个东西是黑的,可能实际上是白的;它说这个东西是好的,可能恰恰是坏的。正如你在电视台"看"到的那样,电视里的信息都经过了复杂的筛选、包装与组合,受到了媒体记者、编辑、总编、媒体部门及其他有关因素的影响。而且,身为电视观众,你还有一重身份,就是——电视广告商的目标对象。

因此,在看电视的时候,你很有可能被电视给操纵了。想想看,能有什么办法摆脱它的操纵,反过来操纵它呢?一个真正"会"看电视的人,首先就要了解各种形态的电视节目,学会独立思考问题,并且养成独立思考的习惯:谁主宰了媒体节目的菜单?电视、广播或报纸上的节目与信息是谁的看法?是写稿的记者的?节目制作人的?还是别的什么人的?我们印象中的老人、孩子、男人、女人等角色是如何被媒体呈现的?这些是否有一个固定的"样板"?我们心中的这些"样板"又从何而来?……总之,最关键的一点是要明白:电视都是由人来操控的,因此它只能是工具。

想一想:

　　1.你的房间里有电视机吗?

　　2.你每天看电视超过两小时吗?

　　3.你会边吃早餐、午餐或晚餐边看电视吗?

　　4.你们全家经常以看电视为主要的休闲活动吗?看电视时有互动吗?

　　5.你常常拿着遥控器不停地换台吗?

　　6. 尝试着拿起家用DV, 把你身边发生的新闻拍下来,给电视台投个"稿"。

你相信眼见
为实吗?

如果让你给网络新闻、电视新闻、广播新闻、报纸新闻的"真实性"打分的话,分数最高的是什么呢?是不是电视新闻? 其实不仅是你,很多人都认为,电视新闻是世界上最普遍和最真实的信息来源,因为它提供了网络、广播和报纸不可能具有的画面"证据",尤其是电视新闻的现场直播, 在人们心目中的可信度是最高的。但事实是这样吗?

你相信"眼见为实"吗?在上一篇的开头,你已经去电视台走了一趟,看过了电视节目生产线的流程,在这样一个"流水线"上生产出来的新闻故事,能保证100%的真实吗？如果不能达到 100%，那么，完全真实的成分到底是 80%、60% 还是 30%？哪些事儿属于那"完全真实"的 30%，哪些属于其他"不太真实"的 70%？这些数字看起来复杂，其实你要把它们搞清楚也不难。现在，咱们就再上一回"流水线"，看看哪儿真，哪儿不真。

选材阶段：选了多少真实？

每一个"电视人"的眼前都有一个多姿多彩而又纷繁驳杂的世界。这个世界太大了，每时每刻都在发生着各种各样值得报道的事儿，但节目时间只有短短的几分钟、十几分钟，几十分钟的节目都很少见，肯定不可能把每一件事儿都搬到电视里去。所以，报哪些事儿、采访哪些人、怎么报、报多长时间，都是"电视人"自己决定的。

还是让我们回到新闻节目组的现场，在这儿你能看得更为清楚些。你看，一名记者、编导或者策划人可能同时发现或者拿到三条重要新闻：一条是某地发生了火灾，一条是某校教育乱收费，还有一条是某人跳楼自杀。但是，台里规定：出画面的新闻时间只有短短的两分钟。因此，把这三条新闻都放上去显然不可能，最多让你上一条。时间很宝贵，一二三四五，我们数到五的时候，你就得做出决定，到底报哪一条新闻。假设你依据自己的主观判断，选择火灾作为新闻推到屏幕上去。那么，观众自然就不会知道，原来今天有学校教育乱收费，而且有人跳楼自杀，但全面地看，这两件事的的确确都发生了，而且还对社会产生了一定的影响。

如果这三件事情发生在同一座城市里，并且当天这座城市只有这三件事情发生，那么，对于这一天的"社会整体真实"来说，新闻记者只报道了"整体真实"的1/3。而事实上，每天在一个城市里发生的事情有很多很多，记者会选择自己认为有新闻价值的事情加以报道，记者的选择标准是主观的。就拿上面的三件事情来说，不同的记者很有可能选择不同的事件进行报道。这种判断的形成，和新闻记者的阅历、个性和兴趣有很大的关系。试想想，如果你是学生出身的实习记者，你可能会对教育题材的报道更感兴趣；而如果你喜欢现场报道的那份刺激，你可能二话不说，扛起摄像机就冲向火灾现场。但无论你报道哪一条，都只是当天发生的并且含有一定新闻价值的"真实事件群"里的一个。尤其是现场直播，它由于耗资巨大，只能截取日常生活中最重要的事件进行报道，而这个"重要"事件的判断，是电视台"替代"观众做出的。因此，我们从电视里看到的，永远都不可能是这个社会的真实图景。换句话说，每天还有很多重要的事情，在新闻没有报道的情况下"悄悄地"发生着，并改变着这个社会。这一点，无论是对于网络、广播、报纸，还是电视，都是一样的。

组织阶段:你相信哪一个事实?

如果你是记者,而且觉得火灾这事儿最值得报,好,报!火灾涉及的因素有很多,比如火灾原因、伤亡情况、现场抢救,等等。至于报什么不报什么,就看你的了:如果觉得火灾消极影响最重要,那么你就做出了一则有批评意味的报道;如果要在火灾中找积极因素,那么你也可以做出一篇"表扬报道"。看见了吧,事实上并不是发生了什么,观众就能看到什么,而是你报道的是什么,观众看到的就是什么。

以下两则电视新闻都是对同一场火灾的报道,有意思的是,在演播室的新闻主播说完"某时某地发生了一场火灾"之后,现场报道的内容却完全不一样。

报道一:

画面:火灾现场的残败景象。四处坍塌的废墟,消防队员在现场抢救。

记者甲:观众朋友们,我现在正在火灾的现场。有100多人在这次火灾中受伤,是本市10年来受伤人数最多的一次事故。此外,我身后的这座楼当年在建设时曾耗资500万,里面还设有相当一部分精密仪器,这次全部在大火中毁于一旦。据悉,本场火灾的起因是内部装修的工人不小心掉在地上的一个烟头引燃了随便搁置在地上的木板,当时也没有人注意,以致酿成大祸。

报道二：

　　画面:火灾现场的残败景象。四处坍塌的废墟,消防队员在现场抢救。

　　记者乙:观众朋友们,我现在就在火灾的现场。大火是从今天凌晨1点开始的,我们的消防队员在火灾开始后3分钟就赶到了现场,到现在已经整整工作了9个小时,没有一个人中途退场。本场火灾没有造成人员死亡。

　　怎么样?尽管事实还是那个事实,可是上面的两则电视新闻,传递出来的信息并不完全一样。那么,你作为一个普通观众会相信哪一则呢?

　　让我们再把想象推进一步:如果把这场火灾做成一档深度报道,那么,报道一的记者将会采访那些认为火灾造成了损失的人,还会尽量采访到那个火灾的肇事者,这些显然都是具有"消极意义"的采访对象。而报道二的记者则必然将摄像机的镜头对准消防队员和队长,可能还有有关的领导,请他们在镜头前就灭火的效率和效果侃侃而谈,因为这些对象都富有"积极意义"。

　　因此,尽管大多数新闻记者和编导都告诉你,他们相信新闻的真实、他们追求新闻的客观,但他们也不可能做到百分之百的真实和客观。因为,在决定报什么不报什么的时候,他们的判断肯定离不开生活环境对他们的影响,还有多年来形成的价值观、文化背景等许多肉眼看不到的因素的制约,这种潜在的制约也许他们本人都没有意识到。而且,一名记者对新闻事实的态度和处理的方式,不仅受到这些内在因素的制约，还要受到当时当地的政治经济环境、社会文化因素以及电视传播理念的影响。就像你在历史书上看到过的，"任何一段历史都有它本身的局限性"，同样，任何一则新闻也有它本身的局限性。如果记者觉得这事儿好，就会不知不觉地透露出"这事儿不错"的倾向；如果记者觉得这事儿差点儿，也会让观众觉得"这事儿不怎么样"。因此，报道出来的新闻，并不一定就是真实的事件本身，而是"记者眼中的事件"。

拍摄阶段：不要迷信摄像机

再看看刚才那场火灾。假设你是现场扛着摄像机的电视摄像师，当你站在火灾现场时，一分钟之内，脑子里肯定会冒出下面的问题：肩上的摄像机对准哪里？拍些什么？怎么拍？是取全景还是特写？按照什么顺序拍？等等。你肩上的摄像机不是活的，肯定不能回答这些问题，能回答问题的，只有你这位摄像师。很显然，你想怎么拍，就可以怎么拍。并且在很多时候，摄像师就是凭着个人的经验和感觉，对着现场的景物狂拍一通。

从上面两则报道来看，两个摄像拍的全景都差不多，只是在细节上有所不同。报道一的摄像将镜头对准那些受灾的痛苦的人群，拍他们的挣扎和眼泪；对准受灾的建筑，拍它的损坏乃至崩坍。而报道二的摄像则关注消防队员，拍他们额头滴落的汗珠；也关注在场领导，拍他们诚恳的慰问。为什么有这样的差别呢？因为两个摄像的想法不一样：一个想的是火灾毁坏了多少财产，另一个想的是有多少人为灭火而奔忙。

此外，到底怎么拍也是有讲究的。电视拍摄一般有三种基本角度：仰角、平角和俯角，什么时候和对谁采用什么角度拍摄，给观众的感觉自然不同。一般来说：仰角使被拍摄对象显得高大，就像你小时候仰着头去看大人，觉得他们都好高啊，这种感觉用来拍火灾的废墟，将有一种泰山压顶的沉重；平角是正常角度，好比你平时看和你一般高的同学，自然不费劲；俯角使被拍摄对象显得特别小，就如你俯身看地上的蚂蚁，是不是觉得它们不堪一击？所以，如果用俯角来拍摄受灾大楼，那么很容易让人感觉到这座楼不堪一击。

因此，就算两个摄像同时站在同一个新闻现场，拍同一件事儿，拍出来的内容也肯定不一样。美国一位研究媒体的学者博泽尔(L.Brent Bozell)在形容电视记者和摄像时曾说，他们在"每一分钟里都在做着主观的决定"。电视新闻的画面，是摄像对现场情景进行个人取舍的结果，是"摄像拍回来的现场"，而不是完整的现场本身。

剪辑阶段："挑选花木"和"移花接木"

当记者把火灾的新闻拍完之后，在回电视台的路上，脑子可不能松劲，还有好多事儿等着你回台干呢。刚才拍了几十分钟，但一条新闻的时间只有短短两分钟，哪些画面是"有用的"、能表达自己想法的呢？在"有用的"镜头中，先用哪几个，后用哪几个呢？

新闻镜头有长有短,最短的只有一两秒,最长的可能十几分钟、几十分钟。你留心看新闻,开始是一个镜头,过一会又是一个镜头,再过一会,又来一个。你能否仔细数数,看看一条新闻里有几个镜头?

几乎没有人会用一个镜头来完成一条电视节目。原因很简单:新闻现场的重要信息那么多,而且人们都在活动着,可通常只有一台摄像机、一个摄像记者,机器和人都没有分身术。再说了,就算摄像师一直不停机地到处拍,那么他跑着拍出来的画面肯定又摇晃又模糊,放出来让人看着就像发生了七八级地震,肯定不能面对观众。这些画面一去掉,原本连贯的镜头就断开了,成为好几个分离的镜头。因此,拍回来的素材可能包含了几百个、几千个甚至上万个镜头,而一条电视短新闻只需要几个、十几个或者几十个镜头。至于剪出哪些镜头,去掉哪些镜头,也都是记者或剪辑说了算的。

就拿上面这个火灾的新闻来说,如果你采访了一名消防队员,他谈到了火灾的损失和他们进行抢救的努力。那么,假如你为这个新闻设计了"报道一"的主题,你就会把他谈到的"火灾的损失"那部分剪出来,让观众看到消防队员在屏幕上"证明"你的"消极主题";假如你要表达的是"报道二"的思想,你就该把消防队员努力工作的那部分话语剪辑出来,让观众看到消防队员在电视上"证明"你的"积极主题"。其实,制作新闻的过程,就像你写议论文一样,你要向观众"证明"自己的观点,必须摆出"论点"和"论据"。这些论点论据已经被你加工过了,而且被你组织起来,显然并不是全部客观事实,而只是其中的一部分。

伊拉克战争期间，美国女兵林奇的传奇故事广为流传。有报道称：林奇在战斗中英勇顽强，在射尽最后一颗子弹后遭枪击和刺伤，最后不幸被俘，但以后又被成功营救。林奇被塑造成一位英雄。事实上，林奇受伤是车祸而非枪伤，她并没有发射过一枪一弹，伊拉克人给了她最初的治疗。而为追求轰动效应，战地摄制组拍下了特种部队把伤痕累累的林奇抬上飞机的画面。

有人把剪辑比作一个"移花接木"的过程，刚才我们只把"花"和"木"挑了出来，下一步就是把它们"接起来"。电视新闻的镜头有着内在的逻辑，你先说"花"再说"木"表达出来的意思，和你先说"木"后说"花"表达出来的，可能会完全相反。

在上面的那场火灾报道中，如果你把起火的镜头放在前面，后面加一个消防队员灭火的镜头，传递给观众的是"消防队员把火扑灭了"这样的信息。如果你把消防队员灭火的镜头放在前面，而把大楼起火的镜头放在后面，给人的感觉则变成了"消防队员灭火不力，火势没有得到控制"。如下图所示：

这种剪辑方式实际上是一种电影手法——"蒙太奇"，这在本书下一编的电影部分有专门的一篇。而在电视新闻中运用"蒙太奇"，随意颠倒新闻事实，从严格意义上说，是一种炮制"假新闻"的行为。

"摆拍"和"补拍"：
"再说一遍"和"再抓一遍"

刚才我们假设你让消防队员谈"火灾的损失"抑或"他们进行挽救的努力"，但有一种情况是：这个消防队员总是和你拧着，你想他说好，他偏说不好，而且说了好几分钟不着边际的话，才勉强切入主题，左一个"嗯"，右一个"啊"，前一个"这个"，后一个"那个"，让你听得这个急啊，恨不得能帮他说。他把你都折腾得没了耐心，如果再跑到屏幕上去，肯定会招观众烦的。你正急着，旁边有个"电视人"提示你，他不会说没关系，你可以"教"他说啊。你不就想让他说那几句能证明"论点"的"证据"吗？到底该怎么说，你先给他演示一遍呗。或者更干脆点儿，让那个消防队员把"要说的话"背下来，对着摄像机说一遍，又快又省时间。很多接受随机采访的人都没怎么"触"过"电"，在面对摄像机时都会有点儿紧张，一句话说不利落，或者态度不自然，这个时候，记者最常说的一句话就是："请照着刚才的话，再说一遍好吗？"

还有一种情况，那就是你决定要报道消防队员救人的感人情景，但等你赶到现场却晚了一步，伤员们刚刚被送上了救护车。在情急之下，你亮出记者证，让现场的消防队员帮个忙，把伤员再抬下来，重演一遍"送伤员"。也许你觉得这么做太"不真实"，但有的"电视人"为了让节目更感人，忍不住就要按照自己的意图和构想，对新闻现场布置一番，让新闻重演一次，再现事件发生时的情况：

让下水救人的英雄再下水一次;让勇抓歹徒的再抓一次。比较常见的是公安人员的现场抓捕行动的报道,记者让罪犯假装"跑了",请警察再"抓一遍",一直到拍摄的效果满意为止。这种"再拍一遍"的做法,有一个专业名称叫做:"补拍"。

"摆拍"和"补拍"出来的新闻,真实性自然就要大打折扣。但观众能知道这些吗?你坐在电视机前,只能看到说话一点儿不磕巴的消防队员和新闻的"现场"情景。一条新闻转瞬即过,你会费脑筋去想新闻里的这个人到底有没有说过"他自己的话"吗?事实上,对于观众来说,一则新闻到底是真是假,的确很难考证。

当然,并不是所有的"摆拍"和"补拍"都不露破绽。尤其是情景的重演,演出来的现场肯定没有事发当时的紧张气氛,很容易被细心的观众发现。曾有一条公安人员缉拿非法倒卖票证的新闻,就被观众看出来是补拍的。这条新闻前面一大段公安人员扮做旅客诱出票贩子的一段,看上去还比较真实,但当票贩子出现在收钱、数钱的一个长镜头里时,票贩子的眼神和拍摄者没留神说的话却穿了帮:票贩子数钱的时候不断地看摄像机的镜头,看上去他就像在等着人来抓。就在观众觉得公安人员应该出现的时候,拍摄者的声音不小心被录了进去:"快出来、快出来!"随着话音,公安人员奔跑着进入了镜头,抓住了正在数钱的票贩子。一条新闻一旦被发现是"摆拍",那么这条新闻乃至这个节目的可信度便会下降。

现在,你还认为电视报道的新闻是完全真实的吗?

"眼见为实,耳闻为虚"是我们常说的一句老话,但是在作为一名电视观众的时候，你可得仔细琢磨琢磨，这句话是不是真理。面对电视，你得学会的第一个本事，就是质疑。在收看电视新闻的时候，注意分辨哪些是新闻事实的描述，哪些带有记者的观点，和这件事相关的还有什么人、什么事，记者为什么不对那些人、那些事进行报道，记者想通过这则报道表达一个什么观点，说明一个什么问题。有了这个本事，再接下来想想：这件事属于哪个社会问题的范畴？对社会到底会有什么样的影响？当然，最重要的还是要积极主动地参与电视中来，一旦你觉着这条新闻"太假"、"这人不可能这么说话"或者"这事儿不可能这么干"，你就可以主动给电视台或栏目组打电话，告诉他们你的感受，行使你的监督权，督促电视新闻工作者们尽可能地反映真实的情况。如果你发现身边发生了什么重要的事儿，你觉得这事该报，也别忘了拨打电视台的热线电话，向他们提供新闻线索，帮助电视进步一回。

想一想：

1.你平时看过的电视新闻里有明显"摆拍"和"补拍"的吗？

2.你参与过学校电视台或者其他电视新闻节目的制作吗？在参与的过程中，你觉得有哪些活动影响了新闻的真实性呢？

3.收看一则电视新闻，尝试着写出新闻的基本事实，记录下带有记者主观色彩的词汇，想想：记者对这一事件的态度是什么？你同意记者的观点吗？你对这一事件的态度是什么？

谈话是自然的吗?

电视谈话节目最早叫"脱口秀"(Talk Show)。顾名思义,就是聊天给人看。大概是在 20 世纪 30 年代,人们从收音机里第一次听到了谈话节目。没过多久,谈话节目就在电视上出现了。如今,在美国的所有电视节目中,谈话

类的占了将近 1/3。在我国,出了名的谈话节目也不少,比如《实话实说》就是一个。曾有人认为,谈话节目的魅力之一就是把对某个问题的讨论过程真实而自然地展示在观众的面前。然而,

这个谈话的过程真的像我们想象的那么自然吗？

你是不是经常看到这样的电视谈话节目：主持人和嘉宾坐在台上，观众坐在台下。节目一开始，主持人先告诉大家，某年某月某地发生了一件什么事儿，至于这事儿是对是错，就请大家来说说自己的看法。观众如果觉得嘉宾的话有问题，可以举手提问，或者干脆说："嗨，你说的不对。"这样的节目，有现场，有观众，有交流，你可以看见现场的观众在笑、在鼓掌、在交头接耳，大家似乎都进入了一种自然的讨论状态，就像你在课堂上和同桌争论一道数学题的解法一样。但是，这一切真的像你们在课堂上的自由讨论那样，是自然而然地发生的吗？

当然，你不用着急回答说"是"或者"不是"。俗话说，不入虎穴，焉得虎子。如果你还没有在现场看过节目，那么，在你得出结论之前，咱们就先去做一次谈话节目的观众。

演播室布置：人为的"自然"

到了节目录制现场，你会发现整个现场就是一个大房间，所有的嘉宾、观众和工作人员都呆在里边，这个房间，就是节目的演播厅。当然，有的节目也会在户外录制，但这种情况很少。当你在观众席坐下的时候，舞台上主持人和嘉宾的座位都已经布置好了。有的时候，导演会在现场大叫："桌子上还需要一盆花"，于是剧务就赶紧从不知哪个角落里搬来一盆掉了些叶子的月季，还不忘把掉了叶子的那一枝冲着里面，露在外面让摄像机拍的，是一派枝繁花茂的美丽而温馨的景象。

因此,你就会很容易发现,在电视里看来非常自然、几乎毫无雕饰的场景,其实都费了导演不少的心思。而且,把现场布置成什么样,也是很有讲究的。如果导演想让他的节目风格严肃点儿,可能现场的背景就是深蓝色的;如果导演觉得还是活泼些好,那么嘉宾坐的椅子可能就被他设计成了红色。英国有一档很出名的早晨节目《早安英国》,其演播厅基本的布置是大沙发和摆放着咖啡的桌子、画窗景观、接收新闻及电影节选的电视屏。这一切摆设所要说明的就是一天的工作开始前的朝气和清新。而一度风靡整个美国的《拉里·金脱口秀》在晚上播出,则在台上随随便便扔几把椅子就开拍,展示的是工作一天之后的随意和轻松。

中国的谈话节目也逐渐开始注意现场的设计了。就拿《对话》来说,这个节目请的嘉宾大都是现代社会的精英,因此场上的桌椅大都是玻璃做的,简洁透明,现代气息扑面而来;相比之下,《夫妻剧场》聊的都是家长里短的趣事,用的则是彩色桌椅,不仅色彩明快,而且让你觉得好像是在谁家做客呢。

因此,谈话现场"自然"和"随意"的布景,事实上都不是"自然"和"随意"的,而是经过了人工的设计,给人一种"自然"和"随意"的感觉,使你觉得亲切、放松。这么一来,你对这个谈话节目印象就更深了。到了现场,你看见工作人员为了一朵玫瑰插在什么样的花瓶里好看,花了半小时把找来的白的黄的紫的花瓶通通试一遍,也就能明白:哦,这些原来都是花了那么大工夫折腾出来的啊。

热场："人造"的轻松

且慢,节目还没有开始,怎么就有一个人蹿了上去?只见那人拿着话筒试了几声,就开始给大家讲笑话。这个人可真能逗,你第一次来录节目,本来心里还有点儿紧张,这么一笑,紧张全没了。

这就是人们通常所说的"热场"。你想,很多观众都是从大老远赶到谈话现场,又是头一回上电视,焦躁和紧张是免不了的。为了让后边的谈话轻松些,再轻松些,节目组通常在开始之前要找一个人给观众说说笑话,让大家开怀一乐,焦躁和紧张也就没了。有的时候这个人就是主持人,有的时候则不是,但这人一定要能说会道,能把观众逗笑。这样,一个"轻松"的人造环境就出来了。

越来越多的电视谈话节目都会让观众"露脸儿"。那么,观众在现场是不是精神、是不是集中注意力,都会直接影响到节目的播出效果。其实啊,大部分观众和你一样,并没有接受过正规的"出镜"训练,有的人面对镜头时都不知道手该往哪儿放了,这个时候他们的自然状态,可能是有的板着脸过于严肃,有的刚赶到场而风尘仆仆,有的紧张得额头冒汗都没有觉察去擦一擦,这些形象上了电视肯定都不好看。于是,大部分谈话节目为了达到随意轻松的效果,都要在正式录像之前,帮助观众放松下来,尽快地把他们拉入一个谈话节目所需要的"自然"状态中。现在你知道了,平时你看到那些观众在电视上有说有笑,可不是他们一进场自然就这样的,而是被人"拉进来"

的。一名普通观众如果仅仅依靠自己自然地从紧张状态中完全放松下来，可能需要几个小时甚至更长的时间，谈话节目的摄制组可等不了这么久。

"包袱"是设计好的吗？

等你的状态彻底轻松了，节目就开始了。台上的主持人介绍嘉宾出场之后，就随意地跟大伙儿聊了起来。不经意间，你看见主持人偷偷摸出一张小纸条看了一眼，然后面不改色地继续聊天。这时候你是不是开始纳闷了：谈话节目不是随便聊天吗，主持人怎么还会有台词呢？

事实上，主持人看的并不一定是台词，而很有可能是节目的策划和设计：一期谈话节目，少则半个小时，多则四五十分钟乃至一个多小时，如果是在自然状态下漫无边际地聊天，估计看电视的人早就睡着了或者换台了。前面谈到，电视谈话节目由"脱口秀"发展而来，既然是"秀"，就不可能放任"自然"，而是要预先设计很多可能会吸引观众的亮点，适时地抖一些"包袱"，让观众们饶有兴趣地看下去。因此，主持人说到哪儿，下面该接哪儿，该哪个嘉宾说话，都是有控制、有安排的，而不是像真正的聊天那样，想到哪儿说到哪儿。

谈话节目和普通的聊天儿不一样，它的目的是要在现场给你讲清楚一个故事、说明白一个道理，让你觉得从中有所收获。但是，任何一个谈话节目的时间都是有限的，因此，怎么讲，怎么说，节目组都会预先安排好。主持人的几乎每一个问题都包含在预案中。实际上，在策划阶段,负责节目创作的"电视人"已经对观众们的回答进行了种种设想,并有针对性地制作了相应的方案,如果观众说同意这个观点,主持人可能说:"嗯,那下面我们来听听嘉宾甲的看法。"因为嘉宾甲也同意这个观点;而如果有个观众正好反对那个看法,主持人就说:"我觉得嘉宾乙好像也是这么想的,咱们来听听他怎么说。"所以啊,你在屏幕上看到的"自然"讨论,其实是按照已经设计好的方案,一步一步地把一个故事、一番道理讲清、讲明的"人造"过程。

观众里的"托儿"

现在,嘉宾发言告一段落,主持人让现场观众自由提问。主持人通常会说:"哪位观众有问题,请举手示意我。"于是你把手举得高高的。主持人看见了,微笑着拿着话筒走过来,离你越来越近,你开始微微激动——且慢,怎么?!主持人从你的身边走了过去,把话筒给了另一个人,那个人的手没有你举得那么高,态度也不是很自然,可是问的问题很集中,语言比较书面化,有点像背书。这一切让你产生了种种疑惑——那个人难道是在"背"问题吗?

不要怀疑自己的直觉。那个人很可能真的是事先安排好的"托儿"。如果这个"托儿"让普通观众产生了怀疑,那说明这个"托儿"还是个新手,不太称职,对事先设计好的问题还不是很熟悉,准备工作没有做好。有很多观众席上的"托儿",早已把问题背了很多遍,现场表现得也很自然,如果你不仔细观察,很难发现他们的存在。这些人就好像是训练有素的"卧底"一样,把导演交给他们的那张纸条上的内容,变成自己的话"说"出来,让大家都相信,他们和你一样,是普通观众的一员。

刚才你看到了,谈话节目事先有一个提纲、一个方向,主持人和嘉宾围绕一个话题逐层深入下去,才能把这个话题谈透。由于节目的主要形式是嘉宾和观众轮流发言,因此,如果让观众真正地"自由"提问、嘉宾"自由"回答,那么,一场谈话很有可能失去原来的方向,变成一次散漫的聊天。节目编导为了让节目按照原先设计好的脉络走,让观众照着他的想法说话,有时候就会先设计好一些问题,让现场的"托儿"在合适的时候提出来,从而推动这场对话发展下去。这些"托儿"可能是临时在现场的观众中找的,也可能是内部的"电视人"充当的,总之,"托儿"的任务就是让整个谈话过程按照编导的思路"自然"地展示在观众的面前。

观众真的笑了吗?

节目还在进行。你听主持人讲了一个笑话,可是一点也不觉得好笑。周围人的反应也大抵和你相似。可是,等节目在电视上播出的时候,主持人一讲完这个笑话,你看见周围的观众都在哈哈大笑。这是怎么回事呢?

一般谈话节目的演播室都安置了三台以上的摄像机,其中至少有一台是专门拍观众的。主要是拍观众的表情:谁大笑了,谁感动得哭了,谁在沉思着一言不发,谁跟旁边的人说个不停,等等。这些表情到了后期编辑的手中，就成了灵活运用的现场资料。比如在编导编了一段主持人讲述感人故事之后，觉得再配合来一段观众流泪的镜头，更能够表现出感人的主题，于是就从这一大堆"观众镜头"中选出合适的插入使用。因此，如果你看到电视屏幕上某位大娘在流泪，她实际上可能并不是因为节目中的故事而感动，而是因为上场前被沙迷了眼，又恰好被摄像拍了下来，编导在后期制作时又碰巧把这个镜头放在了这儿。

对于整个节目来说，观众画面只是一部分，有时候还需要音响的配合。节目组会预先准备一些"罐头笑声"，就是在录音棚里就早已做好的笑声的音响效果。如果有观众大笑的画面，而现场录制的声音效果又不是很好，那么这些"罐头笑声"就派上了用场。它们配合画面镜头，很容易就制造出全场观众开怀大乐的效果。同样的还有"罐头掌声"，也是这么回事。

给主持人"说戏"

如果你足够仔细，回家看节目时就会发现，主持人在电视上说的话和你在现场听他说的话不太一样。比如，一位主持人在屏幕上的开场语是："感谢大家抽出时间来观看我们的节目"，而你明明记得，主持人在现场说的是："欢迎大家来到节目的现场，您的参与将为我们的节目带来无限的活力。"或者是电视上主持人听完观众的发言之后露出了灿烂的笑容，可你在现场看得很清楚：主持人在听这位观众发言的时候有点走神，脸上没有什么表情。这又是怎么回事呢？

　　其实很简单。在观众散场之后，编导如果发现主持人在现场时有哪段话说得不自然、用语不恰当，就会要求主持人再说一遍。同样地，如果主持人在节目中一不小心走神了，而在那个环节又需要他露脸，唯一的补救办法就是请主持人再"演"一遍。这个时候，编导就成了电视剧的导演，给主持人"说戏"，请他回忆刚才聊的是什么话题，下一个包袱是什么，当时应该大笑还是沉默，是严肃还是活泼，如此等等。主持人就按照编导的要求，对着空荡荡的观众席，向脑海中的某位观众"说"出或"演"出"改进"后的台词，保证整个节目的每一个细节都是完美的。

　　对一位久经沙场的主持人来说，他的"戏功"必须相当出色。无论台下是否有人，他都能设想出某个观众正瞪着大眼看着他呢，他觉得这会儿应该是哭是笑，立马就能演出来。因此，从电视屏幕上，主持人的态度、说话的神情和语气都很自然，根本看不出这些实际上都是后期的表演。

现场调度："怎么又是他在笑"

　　节目终于要结束了。被强烈的灯光照射了那么久，直着腰正襟危坐了那么久，你舒了一口气，刚要起身，却被现场导演制止了："大家等一会儿，再像节目开始时那样欢呼一下好吗？欢呼得再热烈一点儿。"或者："再欢呼一次，一次咱们就结束。"

　　其实，这样的要求在节目开始的时候也会有。通常情况下,开场要拍好几遍,末尾也得欢呼 N 次。而且导演还会在现场指挥:"咱们都坐到前边来,显得前边人多。"抑或是:"你、你,还有你,换到这儿来坐,这边有点空,拍出来不好看。"

所有这些,都是现场的调度。尤其是在观众席没有坐满的时候,怕拍出来让人觉得这个节目人气不旺,气氛也不热烈,导演总是会要求摄像把现场"拍得满满的"。手段之一是利用了一个有长手臂的摇臂摄像机在演播室空中拍摄,扩大空间感;之二则是要求观众热烈鼓掌,并重点拍前排拿着充气玩具等助兴工具的观众;此外,还有一点就是安排观众坐到一个集中的区域去,再集中拍这个区域,这样在镜头里出现的观众挤挤挨挨,显得人很多,镜头也比较饱满。如果现场观众过少,而摄像为了追求"人多"的效果,就会刻意地要求他们都坐到一个角落里去。这样拍出来的效果,虽然人似乎不少,但某一个人或某几个人的面孔过于频繁地出现在电视屏幕上,容易让观众觉得:"怎么又是他在笑","会不会是假的"。这么一来,本来编导希望形成的"自然"效果,反而会大打折扣。

怎么样,参加了一次谈话节目之后,你是不是对它了解更多了?

其实,你只要看过一次现场录制,动动脑筋就可以想到,现场录制花了 2~3 个小时,结果在电视上播出的只有几十分钟,这不可能是完全"自然"的现场记录,而是经过了不少处理的人工作品。而节目中嘉宾和观众在发言时对着镜头,心里明白这话是对很多人说的,本能地要保持自己的形象,不可能像和朋友聊天时那样口无遮拦。因此,电视谈话节目的"自然"和"真实",是导演笔下的"自然"和"真实",而不是像大家坐在一起聊天那样自然而然的生活。

想一想：

1.你觉得早间谈话节目的场景和午间、晚间节目各有什么不同？

2.你见过观众里的"托儿"吗？你认为这种方式可取吗？

3.你通常更相信嘉宾还是观众,为什么？

4.如果你是观众,一直希望提问却一直没有被叫到,你怎么办？

5.导演让你"再一次鼓掌"的时候,你有什么感觉？会配合吗？

6.你觉得现场调度有必要吗？你会因此而觉得节目虚假吗？你觉得调度到一个什么程度合适？

晚会是现场联欢吗？

四

　　1983 年,你还没有出生吧？就在那个时候,中央电视台推出了第一台春节联欢晚会, 让大家知道了 "综艺节目"这个词儿。从此,每逢节日,你拿着遥控器从一个台换到另一个台,几乎全都是晚会,有歌舞、有小品、有相声、有杂技,明星越来越多,形式越来越华丽,整个儿一个举国上下的 "大联欢"。尤其是在一些重要时刻,比如春节啊、国庆啊,晚会还会以直播的方式增强现场感。可是,请你仔细想一想,晚会真的是 "现场的联欢"吗？

　　除夕之夜,你的主要活动是什么？是不是和家人一起收看 "春节联欢晚会"？平时的活动呢？是不是也经常会看

"同一首歌"和"综艺大观"？还有，每逢佳节和纪念日，是否总会惦记着元旦晚会、元宵晚会、中秋晚会……晚会现场到处都是鲜花和气球，台上有你喜欢的歌手唱着动人的歌曲、有华丽的布景和曼妙的舞姿、有引人发笑的小品和相声，台下的观众都面带笑容，一派和乐融融、呼之欲出的节日气氛。

看着看着，你可能会有问题发自心底：从电视里听到的歌声、看到的画面真的是来自现场的吗？主持人总是说："某某地区（或国家）的人们此时此刻和我们一起庆祝节日"，那个地区的人真的这样做了吗？如果没有，那么实际上"和我们一起庆祝节日"的人有多少？他们所涉及的地域范围有多广？当地、全国，还是全世界？还有，很多晚会都在前面冠以"联欢"的字样，那么，晚会的意义只在于联欢吗？所有这些问题，你都可以一边看，一边好好地想一想，慢慢地，你眼中的联欢晚会，是不是和以前有点不一样了呢？

你听到的是现场的歌声吗？

晚会上的歌手总是当前最"火"的，你的偶像们呼啦啦全出来了：你不仅可以听到他们的歌，还可以看到他们本人，感受到他们的气质，真带劲儿。可是，请你拿出唱卡拉 OK 的经验仔细观察一下，就会发现里面好像有点不对劲儿。如果你唱过卡拉 OK 就能体会到，现场的演唱由于没有经过后期的处理，一些细小的呼气声会通过现场麦克风传出来，有时难免有些鼻音，即使是原声歌手来唱,也不可能和他/她在 CD 里的声音完全一样。但是,在相当多的晚会上,即使你竖起耳朵去听,也很难听出这些人为的"杂音",演员的声音和 CD 里的一模一样,连换气和停顿都如出一辙。是不是很奇怪?还有更奇怪的呢。你再观察观察歌手们的面部表情,怎么样,是不是总有那么几位的口型和歌词不同步,不是慢了就是快了,有的歌手显然记不起歌词了,可通过麦克风传出来的歌声却依然完美无瑕。这究竟是怎么一回事呢?

在答案公布之前,可能你已经猜到了——没错,他们就是在"假唱"。晚会的规模越大,"假唱"的频率越高。你听到的"现场的"歌声,可能就是从你平常听的那张 CD 里"扒"出来的。

别误会,"假唱"可不是"打假"的对象呵,它实际上是一种正常的晚会制作手段,是相对于"真唱"而言的。对于一些大型晚会来说,现场的录音设备的效果虽然不错,但是场地大、空间大,需要的"功率"也就更高了,如果"真唱",就对演员的声音提出了相当的挑战。有时演员一时紧张或刚刚赶到,声音一下子提不上来,如果直接上台拿起麦克风就唱,演出效果肯定不会太好。还有的演员年事已高,虽能上台,但毕竟年岁不饶人,难以唱出当年的水平,而若不上台,又会让很多观众失望。因此,为了"保险",大型晚会都会安排一定的"假唱",也就是说,把歌手要唱的歌事先录好,在节目现场放出来给观众听,演员只需要对对口型就行了。

所以,晚会"现场"的歌声,并不一定是歌手在现场唱出来的,而有可能是在事先录制好之后,在现场音响的调试下，与歌手的表演相配合，一块儿"组合"出来的。当然，一块硬币总有它的正反两面，"假唱"虽然能够让你听得更清晰，但毕竟也会让你觉得歌星是"假"的，是在"做秀"。而且，一些歌手"假唱"多了，不再"练手"，也很容易停步不前，以一盘磁带应付各种演出，敷衍了事。不过，你不用太担心，因为国家已经出台相关的法规，限制歌手在个人演唱会上采取"假唱"。但一些大型晚会为了确保歌手的声音质量，在一定情况下依然会使用"假唱"的手法。

你看到的是真的现场吗？

聊到这儿，可能你又有疑问了，俗话说"耳听为虚，眼见为实"，听到的不是"现场的"，看到的总是现场吧，何况大型晚会多采用直播，哪里会有"非现场"的东西呢？事实上，即便是那些你"看到的"电视画面，也未必就是"现场的"。

如果你在除夕之夜走进春节晚会的导播室，你就会看见，"电视人"面对的，是一面巨大的电视墙。在墙上无数的电视屏幕之中，有一个屏幕正在同步放映另一场"春节晚会"。这个屏幕里的晚会从内容到形式都和今天的晚会完全一致，只是带的观众有所不同。对了，这就是春节晚会的彩排录像。

这个彩排录像有个学名叫做"备播版"，看名字你就能猜出它是用来干什么的了吧？！"备播版"就像是体育比赛中的替补队员，如果现场没有好镜头，它就立刻替补上去。一些重大的直播晚会(如春节晚会)一般都会准备一份"备播版"，其实就是最后一次彩排的全程录像，和除夕之夜的正式演出几乎没有差别。如果晚会导演对现场的几台摄像机拍出来的画面都不满意，就会从"备播版"里选几个镜头补上。这个时候，负责画面切换的导播把播出镜头切换到正在播放这个版本的显示器上，那么，全国的观众看到的就是"备播版"中的画面了。这种"备播版"和现场版的内容差不多，所以观众一般感觉不出异常。

因此，播出的"现场"不一定是现场本身。和"假唱"一样，你看到的画面可能也是经过了导播在临时编排之后，将"备播版"和"现场版"组合起来的产物。你听到的可能不是现场，看到的也不一定就是现场。

现场除了联欢，还有广告

你对综艺节目的印象是什么？闭上眼睛，脑海里是不是浮现了上千平方米的演播厅、绚丽迷彩的灯光、华丽时尚的衣装，还有变幻莫测的背景？实际上，今天的综艺晚会更多地依靠各种技术来支撑，桥上放歌、水中曼舞、三地同台，所有这些都需要大量的经费。一台大型综艺晚会的预算经常是几百万乃至上千万，这些经费中的相当一部分来自广告和赞助，因此，晚会不仅是你的娱乐，也是商家的投资。

你听说过央视春节晚会的广告投标吧？嗯，那就是晚会广告的一种。重要的晚会之前，通常都会播放一些广告。由于看晚会的观众多，广告商家希望让所有的观众都知道自己的产品，就争先恐后地跑来做广告。当然，这笔广告费相当不菲哦,一般每秒都是几万、几十万,甚至成百上千万。虽然费用昂贵,但对于一些企业来说,能够在春节晚会开播之前向全国人民"露脸",带来的价值也非常可观,因此,每年都有很多企业参加春节晚会之前广告时段的竞标。不仅是春节晚会如此,就拿《同一首歌》这样的综艺节目来说,节目前和节目中的广告也不少。

综艺节目之前的广告,你一眼就能认出来,因为它的形式和其他节目的广告没有什么差别。但要是让你指出综艺节目现场都有哪些广告,恐怕就没那么容易了吧?或许你要问,节目现场还能有广告?当然有!这些广告的形式多,而且比较隐蔽,和现场融为一体,找出来可得费点儿时间,来,让我们一起来找找看。

你看,这台晚会的名字是"××杯你最喜爱的春节节目评选颁奖晚会",不要让目光溜走,这就是咱们找到的第一种现场广告:赞助。你看到的这个还是赞助的"最高级别"呢,那就是为晚会冠名。这里的"××杯"就是赞助商在为晚会支付大笔费用之后,所获得的"冠名权"。对于一台大型晚会来说,"冠名"的企业,无疑是最醒目的。

等等,本来晚会是歌舞,主持人怎么突然把某某企业的总经理或董事长请上台了呢?还要采访他/她?恭喜你,第二种现场广告被你找到了。这就是现场的致谢和采访,被主持人请上台的企业领导就是晚会的赞助商。这里还要悄悄地告诉你,在春节晚会中,这种隐蔽的赞助还有一种形式是贺电贺信——一些企业由于实力有限,无法角逐晚会前的广告和冠名权,因此就以"贺信贺电"的形式,把企业的名称"打印"在春节晚会的现场。可是,春节晚会的节目那么多,观众不注意这些广告怎么办?没关系,像《同一首歌》和春节晚会这样的综艺节目,一般都会安排重播,因此,这些企业的名称其实是可以在每次重播时反复出现的。

还有一种更加隐蔽的广告方式,你找到了吗?如果没有,先请看这个小品,演员在表演小品时要喝啤酒,那么,在演员伸手去拿酒的时候,镜头是不是就给了一个手和啤酒的近景或特写,让啤酒商标马上非常清楚地出现在你的面前?还有,前排嘉宾桌上摆放的矿泉水,一般也来自赞助商。而且,在晚会的开头、中间或结尾,都会出现"主持人服装由××商家提供"的字样,这也是广告。怎么样?这一回你发现了吗?相对于前两种广告来说,这一种运用现场的镜头加以强调,把产品变成了节目的道具,和节目融为一体,没有多少"广告"的痕迹,因此通常不会引起你的"警惕"。

你看,晚会之中不仅有"节目",还有这么多的广告。以前你意识到了吗?是不是看着某位明星在晚会上喝了一罐什么饮料,就认为"哦,他们平时就喝这个啊,我要和他/她买一样的喝"?的确,这样的一些广告,比独立的广告更自然也更隐蔽,也是电视综艺节目商业化过程中出现的一种现象。对于你来说,就要擦亮眼睛,看到"联欢"中隐藏的东西,可别无意识地受影响哦。

在其他电视节目现场,也会出现一些相似的广告形式,比如都会在片尾打出主持人服装的提供者等等。但大型综艺节目由于花费多,投资商就多,现场广告的种类也是最全的,因此,对于节目现场的广告因素,我们就在这一篇里集中看了。本编的稍后部分,还有专门讲述广告的篇目,把电视广告作为一个整体来探讨。当然了,那时咱们主要针对的,就是那些独立广告和购物频道,而不是现场广告了。

有多少人"一起"联欢?

晚会现场的大屏幕你应该不会陌生吧?每一年的春节晚会上,主持人都会说:"××地区的人们现在也在和我们一起联欢,你看,他们以舞狮这种中国传统的庆祝方式来向我们表达祝福。"这时,大屏幕上就会出现某地舞狮队的镜头。同样地,在《同一首歌》、《综艺大观》等节目中也会有"现在,××(人名)从遥远的大洋彼岸发来了他/她的祝福"之类的主持词,并在大屏幕上放出一段某个知名人士的采访镜头。按照主持人的介绍,那些舞狮的人,都在和我们"一起"联欢,但事实真是如其所说吗?那些"发生"在大屏幕上的事儿,真的是和晚会同时进行的吗?

晚会现场的大屏幕通常都会播放一些现场之外的镜头,镜头的内容和晚会的主题相关,但一般都不在你所在的这个城市。如果"电视人"让那些其他城市的人和晚会同时表演,进行现场直播,那么这套直播做下来花的钱就太多了。为了节约成本,晚会很少使用即时连线的大屏幕直播,也就是说,大屏幕上播放的短片,如果没有说明是即时连线,那么无论是异地联欢还是人物采访,都是事先录制好并剪辑过的。在你看晚会的时候,那些舞狮队和知名人士可能也和你一样正坐在电视机旁呢。

接下来再好好推敲一下主持人的话，你发现新的问题了吗？主持人在介绍舞狮队的时候，明明说的是"××地区的人们"，隐含的意思是：那个地区所有的人都在联欢。于是你给在那个地区的好几个朋友打电话，可他们恰好都在出差，根本不知道"联欢"这回事，也不可能有时间参加。那么，主持人口中的"人们"到底包括了哪些人？也就是说，究竟有多少人在"和我们一起联欢"，在和你同时参与这个联欢的气氛中来呢？

很显然，我们能够确定的真正"参与"过节目的"人们"，只有那些在大屏幕上出现的演员和"大洋彼岸"的人士——尽管他们也不一定是现场参与——而至于"××地区"有多少电视观众和你同时收看、同时参与，是无法统计的。换句话说，能够确定在"和我们一起联欢"的，只是那些出现在大屏幕上的人。

如果你仔细观察、细心体会，就会发现，几乎所有的大型晚会——尤其是春节晚会——都有一个永恒的"团结"主题：春节晚会强调"各民族共度佳节"、元宵晚会强调"合家团圆"、五一劳动节晚会强调"劳动者是一家"、六一儿童节晚会强调"团结友爱"、八一建军节晚会强调"军民一家"、十一国庆节晚会强调"伟大祖国"，而《同一首歌》更是从标题上就体现了"大团结"的内涵。中国人口多，疆域广，要表现"团结"就意味着各个民族、各个地区，甚至海外华人的共同参与。一台大型综艺晚会的现场虽然会注意邀请各民族、各地区的演员同台献艺，但晚会空间毕竟不可能像祖国的疆域那么广阔，不能各地的庆祝全都包容进来，也不能表现出"五湖四海大团结"的主题。

而有了大屏幕,晚会的空间就可以一直延伸出去,延伸到各个地区,甚至跨越国界。

事实上,你会发现,任何一台晚会都有它自己的主题。在更多的时候,除了"团结"之外,一些大型综艺节目还会像你平时写作文那样,预先设定一个中心思想。有的晚会把中心思想直接说了出来,比如,2005年7月,为了纪念北京申奥成功,北京工人体育场就举办了一场"志愿北京"明星演唱会,奥运志愿者的主题已经明确写出。而有的晚会就比较含蓄,比如春节晚会和元宵晚会,由于涉及的内容太多太广,"电视人"干脆只告诉你这是一台"联欢晚会",但实际上也隐含着主题的设计。比如邀请港澳台歌手演唱怀乡主题的歌曲,也会设计出如"共采黄河水"这样的小节目,都含有祖国统一的政治意义,而不仅仅是联欢那么简单。

如果你去过晚会的现场,座位又离摄像机很近,你就会不断地听到导演在喊:"大屏幕出图像"、"1号机给近景"、"2号机,2号机镜头哪儿去了"等等,地上散着蜘蛛网一样的电线,你还会看到各个角落都有工作人员像蚂蚁一样在忙碌,台上的联欢气氛和台下的紧张工作好像是两个世界里的事情。你不必感到诧异,因为联欢晚会实际上也像新闻和谈话节目一样,需要表现事先设计好的主题,只不过由于晚会的形式更加华丽、人员更加分散、规模更加庞大,因此依靠的科技更"高"一些而已。

你现在是不是有这样一种思维定势:春节了,就该看晚会,这样才算是"过"了节;周末了,综艺节目又来了,在家等着看。如果你的脑子里已经形成了这样一种惯性,并且一到节日假期就在家里看晚会，并且觉得看了晚会才"满足"。那么，你可要想一想，自己是不是被它控制了？事实上，晚会不仅仅是娱乐，娱乐也不仅仅局限于晚会，尝试着在过节的时候走出家门，走向大自然，呼吸一下新鲜空气。如果愿意在家，那么和家人聊聊天，你会发现，原来，过节过周末时离开电视，也会有很多收获。

想一想：

1.你在除夕之夜会收看春节晚会吗？为什么？

2.说出你平时熟悉的三个综艺栏目的名字，你是每期都按时收看吗？

3.你印象中的晚会都有哪些主题？

4.你去过晚会的录制现场吗？

5.你怎么看待"假唱"？

6.节假日你的主要活动是看电视吗？

娱乐就是"游戏+玩笑"吗

五

　　如果你早生 70 年,你就能赶上世界上最早的"开心辞典"节目了。那时候,电视娱乐节目刚刚开始,1941 年 7 月 1 日,NBC/WNB 播出了两档游戏节目:"吉姆叔叔的问题蜜蜂(Uncle Jim's question bee)"和"要么答对,要么受罚(Take it or leave it)",在这两个节目里,你可以自由地答题,答对了,还有大奖在等着你。大家都很喜欢这种节目,参加的人越来越多,节目给的奖也越来越大,后来的《谁想成为百万富翁》(Who wants to be a millionaire?)真的就把百万美金给了答题的观众哦。56 年后,湖南卫视把这种节目形式从国外搬来,创办《快乐大本营》,刮起一阵"快乐旋风",紧接着全国各地陆续上演《超级大赢家》、《欢乐总动员》,还有《开心辞典》、《幸运52》、《非常6+1》、《我猜、我猜、我猜猜猜》、《康熙来了》以及《超级女声》。这些节目告诉你:"运气好,拿大奖"、"没事涮涮你玩儿",但节目背后的事儿,真的只是撞个大运、开个玩笑这么简单吗?

你去《开心辞典》和《幸运52》答过题吗?你给《超级女声》投过票吗?你碰到过街头散发资料的"笔迷"和"玉米"吗?你知道蔡康永和吴宗宪吗?看见明星们在台上出洋相,你的感觉如何?也许你会喜欢现场答题的节目,想去玩个游戏,最好还能得个大奖;也许你也是"超女"的"Fans",拼命动员所有的人发短信支持"春春"、"颖颖";也许你是《康熙来了》的忠实观众,蔡康永一开口,你就忍不住笑得前仰后合。对于你来说,娱乐节目就是找乐子,就是做做游戏、开开玩笑,可仔细想想,真的是这么简单吗?你找着真正的快乐了吗?在哈哈一乐的同时,你得到了什么,又失去了什么呢?

是游戏还是表演?

说到游戏节目,你可能就想,游戏吗,不就是现场随便找些人一块儿玩么?呵呵,电视上的游戏可没那么简单!怎么,你不信?好,那就请你亲身体验一把,现在就报名当选手吧!

先拨通热线报名电话,嗯,你把自己的详细资料一一汇报,听起来和编导聊得还不错。这个时候你就得做好心理准备,因为有两种可能:第一,你被很客气地通知:对不起,你的情况不符合我们的要求,谢谢你的参与;第二,你被很热情地通知:来电视台和编导见个面吧。

如果你的情况正好是第二种。于是你开心出发,按照约定的时间来到电视台,编导很和蔼也很耐心,告诉你,我们选中你啦!为了让你有更好的表现,编导建议你接受几天封闭式的培训。接下来的几天,你就和其他一些选手在一间大教室里整天呆着,整天看题、答题、背题,直到脑子里都是 A、B、C、D。几天过后,终于可以正式上场做游戏了。别着急,之前你还得化"上镜"妆,编导会嘱咐你千万不要紧张,等等。一场游戏下来,你可能会感觉比较累——原来做游戏也不容易啊。

还有一些节目可能更"不容易"。比如有时在《非常6+1》中,编导可能还会告诉你,来来来,你到这个超市来一下,或者,你今天一定不能旷课哦。尽管你感到莫名其妙,不过还是答应了。然后,主持人突然闯进超市,或者你的教室,告诉你:你已经被选中成为下期节目的主角了。

这时候的你可能有疑惑:"明明我已经是通过了报名和面试的'老手',和剧组人员也相当熟悉了,为什么还要我装出和主持人素昧平生的惊讶样子,来演这一出戏呢?"

原因很简单:电视游戏是要演给别人看的,为了尽可能地让它"好看",编导会对参与的人进行严格的挑选,比如你的方言口音不能太重,观众听不懂你的话就会失去兴趣;你的形象和气质不能太差,否则也"对不住观众";你的现场反应不能太慢,否则节目会显得拖沓……而且,为了让节目更好玩,编导还会事先制造一些"无意邂逅"

的场面,给观众制造一个惊喜。因此,电视游戏和谈话节目一样,不仅不是随机随意的,而且是经过了精心打造的——导演要挑选和训练上镜素质较好的"演员",告诉他们:你应该做什么,不应该做什么——因此,严格地讲,电视游戏并不是真正的游戏,而是一场表演。

游戏的奖金给谁?

你为什么要参加电视游戏呢?是为了好玩,为了好奇,还是……哼哼,为了巨额的奖金和丰厚的奖品?说到奖品,问题又来了,你觉得游戏评奖是公正的吗?你相信所有的获胜者都是依靠自己的力量胜利的吗?就像几乎每一次考试都有作弊者一样,是否获胜者中也会有舞弊的?

有考试,就有作弊;有游戏,也有作弊。欧美国家的娱乐节目起步早,作弊现象也很严重。有的电视娱乐节目制作人对那些外表出众、富有个人魅力、观众缘好的选手"偏心眼儿",想方设法地让他们赢。比方说,这一期节目有四个人上场,而在这四个人里头,编导们觉得有一个人"特别优秀",那么,他们就为这位"佼佼者"漏题、漏答案。在这些"电视人"看来,让"真正优秀"的人赢了,节目才能"看起来公平",才能吸引更多的观众。这就意味着,相当一部分上场选手一开始就"命中注定"只能和别人一起当"分母"。

一度流行全美的娱乐节目"DOTTO"的一名前参赛者曾拿出确凿的证据,证明节目的结果是事先安排好的。

随后,另一个娱乐节目"21点赌"的参赛者也提起诉讼,他描述了该节目是如何进行作弊的。当时,纽约的大陪审团和国会的一个专门委员会针对这项指控开展了调查。调查结果证明,指控完全属实。最后,获奖者查尔斯·凡·多伦承认,自己在"21点赌"竞赛节目中曾经获得过制作人提供的答案。艾森豪威尔总统将电视游戏节目丑闻事件斥为"对美国民众做下的可怕事情"[1]。

在欧美一些国家,你如果在电视游戏里赢了,不仅能得大奖,还能出大名呢。就拿上面这位查尔斯·凡·多伦来说,他的获奖曾经帮助他登上《时代》杂志的封面和成为NBC"今日"节目的常客。可你又能想到吗,他的获奖和出名,竟然全都出自事先的安排。因此,你一定要注意了,你眼里的"公平游戏"很有可能并不公平。

谁是娱乐节目的最大受益者?

现在,你已经参加了一场电视游戏,那么,你觉得娱乐节目里边谁最高兴呢?观众最高兴?导演最高兴?还是获奖者最高兴?

也许你会想到观众,觉得他们可以通过节目了解一些信息,学到一些知识,尤其是像《开心辞典》之类的益智类节目。但电视上的信息转瞬即逝,有调查表明,即使是新闻节目,51%的观众在看完的几分钟之内,也无法回忆起其中的任何一则新闻。普通的电视观众只能记住电视

---

[1] 资料来源:中华传媒网:www.MediaChina.net

剧中20%的信息,21%的观众无法回忆起一个小时之内播放的任何新闻。①

也许你会想到导演,节目做得好,自然很有成就感吧,何况,节目的成功会给节目制作者带来巨大的收益——且慢,他们的收益又是从哪儿来的呢?

也许你已经注意到了,绝大部分电视娱乐和游戏中间都插播了无数的赞助广告——像《超级女声》里面反复出现的"蒙牛酸酸乳"——而且,节目越"火",广告越多。广告商为什么要投入这么多钱呢?因为他们要借着节目把自己的产品推向观众,扩大自己的知名度。啊哈,现在你知道了,节目好看了,最高兴的人其实是广告商!他们虽然花钱提供了奖品,赞助了节目,但也由此让更多的人知道了自己,卖出了更多的产品,获得的收益数额远远超出节目的投入。广告商,才是电视娱乐的最大赢家。

就拿前一阵最火的《超级女声》来说吧,这是蒙牛集团赞助的。收看大赛的时候,那头憨态可掬的奶牛时不时地跳出来,你看着看着,不由得想:嗯,原来它也蛮可爱的。于是乎,在超市买酸奶时,看见货架上有印着这头奶牛的奶盒,不知不觉就选了它。

在《超级女声》结束之后,《新京报》采访了提供赞助的蒙牛集团,得到的消息是:在《超级女声》播出后,"蒙牛"一下子火了起来,它在全国各地的生产线条条开足马力,却仍然供不应求。不仅如此,很多牛奶经销商都主动

① 尼尔·波茨曼著,章艳译,《娱乐致死》,广西师范大学出版社,2004年5月。

找到"蒙牛",想卖"蒙牛酸酸乳"。就连一款最新的酸酸乳冰激凌也开始脱销。

当然了,《超级女声》这么火爆,它的大赢家肯定不止"蒙牛"一个。随便举个例子,"超女"的投票是通过短信来进行的,那么你有没有想到,你和你的朋友每发一条支持短信,《超级女声》的另一家赞助商"掌上灵通"就多挣了一份儿钱,这笔短信资费积累起来,收入同样可观呵。

还有,你是不是在手机上下载了很多炫目的"超女铃声"和"超女靓照"? 如果是,那么你同样又为赞助商做了一份儿贡献。"掌上灵通"通过短信、彩信、IVR 和 WAP 等手机无线的方式,将《超级女声》的歌声、声音、照片甚至包括她们参与的超女 Java 游戏搬到手机上来,让"超级女声"在更大范围内娱乐大众。而且,"掌上灵通"目前已经取得《超级男声》、《玫瑰之约》等娱乐栏目的开发权,可以在手机上经营电视娱乐节目。

因此,当你以短信、电话或图片等各种方式对你喜欢的"超女"、对你喜欢的娱乐节目表示支持的时候,实际上是支持了那些幕后的广告商——他们才是娱乐节目最大、最主要,也是最终的收益者和大赢家。

娱乐,以尊严为代价?

在你观看《超级女声》的时候,有没有注意到,评委是一点儿面子都不给:

"把民歌都给糟蹋了。"

"行了,别唱了,明年再来吧! "

"你的牙齿有问题吗？干吗字都咬不清楚？"

"这么好的一首歌你为什么唱得这么难听？"

"你年纪不大，却好像怨妇一样！"

"南京选手的心理素质太好了，怎么说都不会哭。"

听到这些评论，你的感觉如何？是觉得过瘾、好玩？还是无聊、愤怒？你会对周围的同学、朋友和家人这么说话吗？好，我们再来个换位思考：如果你是台上的选手，听别人这么说你，你受得了吗？

实际上，很多"超女"都受不了这么"被说"。南京、成都两个"超女"赛区的报名人数都达到了 11300 人，尽管选手们已经有了很坚强的心理准备，一上台，现场的嘲弄和轻蔑还是让很多人难以承受。

"超女"并不是头一个这么干的，欧美国家的电视真人秀比"超女"还能折腾人。在国外，电视真人秀的正式称呼是"真实电视节目"(Reality TV)，此外也有其他叫法，如 Game Show(游戏秀)、Reality Show(真实秀)、Trueman Show (真人秀)。这些"秀"为了让节目好看、让利润更高，竭尽一切办法来刁难选手，有的甚至搞出让参赛者比赛吃虫子之类的怪招，鼓励大家放弃尊严，一夜成名。参赛的人为了"出名"、得奖，也不惜放弃自己的尊严。因此，有些电视游戏其实是在告诉你："尊严是没有价值的，出名才是一切"、"名利就是尊严"或者"你想成功就得放弃尊严"。

真人秀折腾的是真人，电视告诉你："你自己就能成星"、"我们的'星途'没有门槛"，把万里挑一的成功可能性无限放大，就像彩票推广者永远会浓墨重彩地渲染中奖者的一夜暴富一样，你相信吗？可能对你来说，奖金、成名都是好大的诱惑，挡也挡不住。但实际上，电视娱乐、电视游戏真的是为了让你"成功"、"出名"吗？显然不是。节目是铁打的营盘，你是流水的兵，让你这个兵"成功"、"出名"，归根到底还是为了把营盘打牢，也就是把收视率带起来，让利润冲上去。在媒体向你宣传"一朝成名"、"一夜暴富"的时候，你可要注意了，世界上没有天上掉馅饼的好事，最好别有什么侥幸心理，更不要用出卖自尊的方式来提供娱乐。如果那样，你就变成了节目的"噱头"，节目牺牲了你的自尊，换来了可观的经济利益。

你有没有同时发现，娱乐节目里插播的广告时间都特别长，你等待的下一个游戏环节总也不开始。你想啊，广告越多，节目的收入就越多，为了插播更多的广告，有些节目把游戏过程尽量拉长。有的节目还用尽一切办法，让选手或者他们的父母在电视镜头前流泪来赚取煽情效果，或者故意安排评委措辞尖刻以赚取"嘲笑的眼球"。这些用别人的尊严换来的所谓"快乐"，实际上是商家的"快乐"，你可不要把它当成是你的快乐哟！

每一个人都有自尊。你收看电视娱乐是为了"找乐子"，可是，如果这个"乐子"伤害了别人的尊严，你还能快乐得起来吗？嘲弄不可能产生真正的快乐，而不顾他人尊严的人，最终也将失去自己的尊严！

娱乐，玩笑还是低俗？

你看过前一阵非常流行的《康熙来了》吗？节目里全是明星和主持人的插科打诨，金钱、美女、性爱成了家常话题。最近香港亚洲电视的新节目《超级经理人——女优选拔赛》里，为吸引记者镜头，女参赛者打架、骂粗话、自爆性生活、舞女出身。而一度风靡欧美的娱乐节目《老大哥》里，也是充斥了相当多的暴露镜头。不用说，这些行为不仅是"玩笑"，恐怕是有些低俗了。

好奇心是与生俱来的。"事实上，好奇心不仅是人类的天性，更是推动科学、进而推动社会发展的重要动力。人总是会对世界上的许多事物不知道、不懂、不理解，这些不知道、不懂、不理解将引起人的好奇，于是才会去探索、去研究，才会有创新，才会有科学和科学的进步。爱因斯坦指出：有益于人类的大多数伟大科学发现，都不是由强制或计划手段和实用的愿望所推动的，而是由满足纯粹好奇心的愿望所驱动和实现的。"①但是人们所有的好奇并不都是美好的。比如说，对别人隐私的好奇，可能就是一种不文明不健康的心理。几乎所有人的脑子里，总有那么一点点想要窥探别人的欲望。因此，有些节目就抓住这"一点点"好奇和窥探的欲望，并把它发扬光大。比如说，告诉选手"让你的身体多暴露一点吧"，或者说"他比你强，你要想着怎么灭他"，把"低俗"宣扬成乐趣。可是，如果你真的"灭"了某个人，增加了某个人的痛苦，你会因此而快乐吗？长期观看这样的节目，你对道德的感觉恐怕只能越来越迟钝，越来越麻木了。

曾参与美国真人秀节目《幸存者》的一位选手事后

---

① 韦青，多一点好奇 多一点兴趣.http://www.szeblog.cn/user1/161/archives/2005/11472.html

说:"实际上,为了自己能得到 100 万美元,我们都把人性中最可怕的手段使了出来,我甚至觉得自己的性情都发生了很大的变化。"①

而且,这些娱乐节目在播出之前,肯定会尽可能地向你展示:这里有多么神奇的一个世界——很多节目的宣传片里有各种各样的刺激语言和低俗画面,吸引你收看。这就好比是一个劣质洗面奶厂家要向你推销他们的产品,推销过程中,他们会运用各种各样的悬念来刺激你的好奇、调动你的胃口。比如他们会问你"这会刺激你的皮肤一夜之间变得很光滑,你想试试吗"之类的问题。如果你说"是",那么,他们就又多了一个买家——对于电视节目来说,收视率就意味着收入。而至于你使用洗面奶之后,脸上是否又添了多少小痘痘,对不起,那可不是他们的事情了。

这只是一个比喻。实际上,低俗节目给你带来的坏处,比脸上多几个痘要严重得多:你可能学会电视里的脏话了、和同学不再友好而整日想着"灭"谁了,日子久了,这种不良的风气不仅会影响你一个人,还有你身边的人;不仅阻碍了社会文明的发展,而且也影响了人类的进步。

最初,你对低俗的节目可能有点好奇,想看看是怎么回事。但是到了后来,发现说来说去就是那么一点儿东西,又浅薄又无聊,索性不看了。因为像你这样的观众还有很多,所以很多低俗节目其实生存不了多久。曾经在香

---

① 资料来源:中华传媒网:www.MediaChina.net

港创造过辉煌的娱乐节目《继续无敌奖门人》一度因出位、整人而闻名,但辉煌是短暂的,名主持曾志伟也没能阻挡它落幕的命运。2005年10月13日,美国福布斯公司也因其娱乐节目《美国婚配》中的低俗裸露镜头遭到了大众的投诉,并被迫交纳巨额罚款。

当然,目前还有很多低俗化的娱乐节目依然存在,一些节目中也或多或少地存在着低俗化因素,当你碰到的时候,你会怎么办?

你最快的反应可能是换台。没错,但实际上你可以做的不止这些。如果你觉得这个镜头或者主持人的话太过分,那么大胆些,给电视台打电话,告诉他们你的想法,让他们知道节目已经对你造成了干扰。还有,提醒你周围的朋友们,不要受到这些低俗节目的影响,让他们和你一起做出同样的举动。总之,我们有责任也有义务让自己的心灵保持清洁,千万不要让这些低俗的节目在你和你的朋友们的心里添几个"痘"。

想一想:

1.你参加过电视游戏吗?你觉得它和平常的游戏有什么不一样?

2.你购买过节目赞助商的商品吗?

3.你相信娱乐节目里的竞赛和游戏结果是公平的吗?

4.当你看到主持人挖苦别人的时候,你怎么想?

5.你和你的朋友会模仿娱乐节目中的游戏、竞赛和语言吗?

6.如果你认为一个节目太低俗了,你会怎么办?

7月8日任贤齐
深圳歌友会

冰力巨星 任贤齐

RICHIE 冰力元日

只要购买指定产品就有机会参与
冰力巨星任贤齐之深圳歌友会及
与任贤齐近距接触

广告能控制你吗？

六

世界上最早的电视广告是在伦敦出生的，生日是1930年11月5日。那一天，在伦敦德拜大街的尤金公司利用贝尔德有线电视，播放了奥林匹亚时装节上表演的"尤金式"电烫发广告。广告上说：只要使用尤金公司获得专利并命名为尤金·萨歇方式电烫发，就会得到柔软、美丽、自然的头发波纹。将近50年后，中国也有了第一个广告，就是上海电视台的"参桂养容酒"。现在，你回家打开电视，节目中间插播的、节目结束后紧跟着的、购物频道里铺天盖地的……全是广告。有人做了一个统计，每人每天大约会看到500~600个广告。你生活在广告的世界里，就像鱼生活在水里、人活在空气中一样。那么——鱼了解水吗？人了解空气吗？你了解广告吗？

早晨七点钟，你被小熊维尼的闹钟唤醒，只好很不情愿地离开印着唐老鸭的温暖被窝，睡眼蒙眬地拧开一管佳洁士牙膏，一边默念"我们的目标是没有蛀牙"，一边匆匆梳洗完毕。坐到饭桌边，你打开一盒蒙牛酸酸乳，一面喝一面看着电视上阿凡提带着他的健胃消食片、巩俐提着她的健伍、周润发情深深意绵绵地为心上人倒出他的百年润发……你听见妈妈对爸爸说你功课忙要给你买点脑白金，自己在心里盘算着今天要在上学路上买一瓶"喝前摇一摇"的"农夫果园"……

看看你吃的零食、穿的衣服、用的文具，是不是有好多都来自电视里的广告？不错，广告里的世界总是那么快乐、那么诱人，让你忍不住要去模仿一下。"仿"着"仿"着，你把头发"仿"成了黄色，把衣服买成了"SNOOPY"运动装，把文具变成了迪斯尼卡通，哎呀，不知不觉，你就变成了一个"广告人儿"了。

现在，你感觉到广告的威力了吗？它的威力可不是一下子就能看出来的，而是隐蔽得很，在你毫无察觉的情况下，悄悄地控制了你。别着急，咱们岂能那么轻易就被广告控制了?!其实啊，广告对你使出来的也就那么几招，一旦你把这些招数都看明白了，就不会糊里糊涂地跟着"广告"团团转了。

偶像在"代言"

如果你崇拜迈克尔·乔丹,那么你会不会买他代言的运动鞋?如果你欣赏韩国明星金喜善,那么你是不是也想用和她一样的手机?如果你喜欢永远快乐的旺旺小子,那么你是不是就会经常吃旺旺饼干?然而,如果乔丹没有代言、金喜善没有做手机广告、旺旺小子也没有出现,那么你是不是还会买那个牌子的鞋和手机,吃那个牌子的饼干?

这就是广告的第一招:利用偶像吸引人!运动鞋、手机、饼干,人人会买,但是厂商总得想出个好法子让大家对自己的商品和牌子耳熟能详。由于大明星都有知名度和喜欢他的"追星族",所以广告商就利用明星的偶像魅力,吸引像你这样热情的明星拥戴者,告诉你:"如果你用了它,就会变得和你喜欢的明星一样。"厂商不仅请来你喜欢的明星做代言人,而且还让这些代言人到处宣传,或者请代言明星穿戴着代言的品牌服饰在各大新闻媒体上亮相。你要是头脑一热,为了向偶像看齐,是不是就赶紧去买那项产品,至于东西是好是坏,恐怕你是不会在乎的。

问题是,你用了这些明星推荐的产品,就真的能变成明星吗?或者说,有明星宣传的产品,质量就一定信得过吗?或者说,有明星代言的款式都符合你的需求吗?现实情况很可能是这样的:你买了乔丹代言的鞋子,穿着可能并不舒服;你用了金喜善代言的手机,款式也不一定适合你;你吃着旺旺饼干,也并没有变得像旺旺那样快乐,等等。

广告商的这一招"拆"起来也不难:你看,明星就是明星,明星做广告是要拿广告费的,到底明星们在日常生活中会不会使用代言的牌子,恐怕只有明星们自己最清楚。如果他们都不用这个牌子,可你反而天天用,无形中是离他们更远了而不是更近了,是不是?广告商希望通过明星代言让你产生当明星的幻觉,归根到底,是为了推销产品。现在,这一招算是被你给拆了,但先别高兴,后边还有更厉害的招呢!

你是这样的人

你看过万宝路香烟的广告吗?这个广告当年曾经影响了好多美国的年轻人。电视上,一位粗犷的男人骑着高头大马,指间夹着万宝路香烟,驰骋在美国西部的大草原上。他看起来是那么帅气、勇敢、刚毅、豪放、自由。当时,几乎所有像你这样的观众都被迷倒了,这位"万宝路男人"就是他们心目中的英雄。当然了,万宝路香烟的销路也从此形势大好。

你发现了吗,这个偶像的招数显然更"狠",更隐蔽。广告商赋予了万宝路香烟一种性格——就是前面说到的"万宝路男人"的性格,这样的"男子汉"性格自然是你的理想,那么,"万宝路香烟"呢,是不是也就成了你理想的一部分?

在使出这招之前,广告商就已经想好了这个产品是要卖给谁的，比如"万宝路"就是要卖给美国的年轻人的。那么，他们就开始研究了：这些美国人对什么感兴趣呢，他们希望成为什么样的人啊，等等。把这些问题弄明白了以后，广告商就开始动手做广告了，他们先把广告的主人公设计成"你希望成为的那种人"，把广告的场景设计成"你希望过上的那种生活"，然后，最关键的一步就是：把要推销的商品放进这个人的手里，放到这种生活的画面里，告诉你，这种产品，就代表着这种人、这种生活。

显然，你不大可能去美国西部的草原驰骋，也不大可能成为18世纪的城堡公主，但这一直是你的梦想，于是，这样的广告很容易让你产生一种错觉：用这个产品的时候，你就是一个西部牛仔；用那个产品的时候，你就在体验古典而优雅的生活。

都说电影是"梦工厂"，其实，广告也是个梦工厂。广告商给你一个梦幻，要你还它若干份利润。

"物超所值"的"控制"

用广告来"造梦"的当然不仅"万宝路"，还有"麦当劳"等。"麦当劳"在不断地告诉你："来麦当劳，我就快乐；来麦当劳，我就喜欢"。可是你注意到没有，"麦当劳"还用了一个"万宝路"没用过的新招。仔细看看麦当劳的电视广告，它不仅告诉你"快乐"，还告诉你："你可以来我们这儿过生日，我们会给你唱生日歌"、"每天一种优惠，天天都有快乐"、"买儿童餐送小礼物"。这就是平时人们常说的"促销"。面对快乐的麦当劳叔叔，还有缤纷的生日会、优惠券，以及可爱的小人偶，你想不动心都难！

促销这招是商家常用的，你看，电视上经常出现"买一送一"或"限量购买"等等，让你觉得花一倍的钱买了两倍的东西，真值。但如果你算算成本就知道，你其实是"花两倍的钱买了两倍的东西"。至于"限量一百、卖完即止"的电视广告，在大部分时候，你都是那"一百以内"的人。

聊到这儿，你已经拆了不少招儿了。其实，"拆招"关键的一点就在于：不管是明星代言、美丽梦幻，还是"物超所值"，这些广告都很少提到产品的质量和实际的功效。因此，看广告的时候脑子里要长根弦：你买鞋是为了穿，可是乔丹并没有告诉你鞋是轻便还是厚重、是适合跑步还是适合登山；你买手机是为了用，可是金喜善并没有说手机的信号好不好、有没有保修；你去麦当劳是为了吃饭，可去的原因却是因为送的玩具很可爱，而不是因为食物好吃，麦当劳广告中也从未提到，他们食品的热量有多么高。让自己的头脑降降温，再回过头来看这些广告，你不难发现，如果让乔丹来推销手机、金喜善去代言游泳帽、麦当劳去卖文具用品，对于广告商来说，都不是什么难事。因为这些广告里几乎没有任何关于产品本身的信息，明星和概念成了主要，产品反倒成了次要。

夸张的效力

那么，那些大力宣传产品功能的广告就能全信了吗？

非也非也,那里头的招数也不少呢。比如说,你在教室里擦玻璃,不小心被划了一下,在手腕上留下了一个不起眼的疤痕。回到家打开电视,正好看见购物频道里在放一则"去疤膏"的广告。广告里的专家说:连续使用一周,疤痕就没有了。于是你就去买一瓶,可用了两个月,疤痕还是一样的明显。这是怎么回事呢?

你学过"夸张"这种修辞手法吧,广告商也拿它来做了一招。广告商告诉你:我的产品多么好、多么有用,把有点儿用说成很有用,甚至把没有用的也说成了有用,吸引观众去买。比如说,你经常在电视里看到方便面的广告吧,画面上牛肉那么大块,蔬菜那么多,看得你的口水都流出来了,赶紧去买了一包回来。打开一看,咦?!里面只有一小袋牛肉粉加上一小包蔬菜干,肉没有那么大那么多,蔬菜的种类也很少,色彩更没有电视上的那么鲜艳。

广告商还会借助别人的力量,反复地跟你说,这个产品多么多么好。你看,购物频道里有那么多的专家,他们就是广告商请来的人。为了让你相信这个产品的好处,在广告的一开始,广告商请来的专家们就会告诉你,这项产品的成分是如何特殊,在某某地区是如何地造成抢购热潮。同时,还会找一些其他的使用者来"现身说法"。比如,如果广告商要推销减肥药,那他们就得找两个长得差不多,但脸盘一胖一瘦的人来充当"使用前"和"使用后"的例子。而且现在的电脑技术这么先进,有的广告商干脆用电脑制作出一胖一瘦的两张脸来,告诉你:"胖人"是使用前的状态,"瘦人"是使用后的效果。

当然了,为了吸引人们的注意,在广告里边适度地用点儿夸张也未尝不可。但是,如果根本就是瞎吹胡侃、无中生有,根本不管消费者的损失,那就不仅是广告真实性的问题,而是违法乱纪的事儿——违反了《广告法》。对了,如果你遇到了这样的广告,可千万把眼睛擦亮点儿,别上当!即使是你脸上真的长了个小疤,想要把它去掉,也最好不要完全相信购物频道的"去疤灵",而是去问问皮肤科的医生,让他们根据你的实际情况开点儿药、给点儿建议。如果你的同学和朋友因为盲目相信广告,受了骗,丢了钱,甚至在身体上受到了伤害,你也知道应该怎么做了吧?对了,你可以告诉他们,不要忍气吞声,而是要行动起来,用法律的力量保护自己,打击广告欺诈。

过节了,你送什么礼物?

"今年的母亲节你送给妈妈什么礼物了?"只要你在母亲节前后打开电视,广告里翻来覆去都是这句,还有"送妈妈一束康乃馨、给妈妈一个节日的问候"、"送母亲一朵玫瑰,告诉她:你爱她"等等。你一想:也是,妈妈辛苦了这么久,应该给她一个惊喜。于是,母亲节那天,你跑去商店,打算买束花,且慢,商店里康乃馨和玫瑰的价格怎么比平时贵出好几倍啊?

不错,想起在母亲节给妈妈一份问候,这说明你长大了,懂事了。可是,你这个买花的念头,是你自己想出来的还是广告里说的呢?再者说了,即使你听从了广告里的建议,给妈妈买了"母亲节的花"和"让妈妈开心的减肥茶",妈妈真的需要这些东西吗?更重要的是,母亲节一过,你还能想起来给妈妈一个礼物、一声问候吗？

要是你有心就会发现，节日里的电视广告比平常多多了。你们平时忙着学习，家长平时忙着工作，聊天的时间都很少。到了节假日，正是一个联络感情、表达心意的好时候。广告商正是抓住这一点，通过媒体，告诉你："要问候妈妈，就买我的花吧。"你可别被他们吓住了，以为只有买花妈妈才高兴，然后心甘情愿地把早晨妈妈给的零花钱掏给了广告商——哎，不对啊，这么一来，真正高兴的不就是广告商了吗?!

真正高兴的人就是广告商！就拿上面这两个母亲节广告来说，鲜花和减肥茶其实送谁都行，并不是母亲节的专利啊，但广告商却通过电视画面告诉你，这个鲜花和减肥茶表示了"对母亲的爱"，能够"让妈妈开心"。问题是，这份儿"爱"和"开心"，并不是你妈妈设定的，而是广告商为了推销产品而强行附加上去的。而实际上，你送给妈妈花和减肥茶，并不等于你就把"爱"和"开心"给予了妈妈，因为这些东西对于你妈妈来说，可能毫无用处。

现在你明白广告商的真正目的了?!他们在节日前后告诉你，这个能让爸爸高兴，那个能让妈妈开心，归根到底还是为了推销产品。广告里的奢侈品越来越多，似乎礼物越昂贵，体现的问候就越真诚。但实际上，你和爸爸妈妈之间的感情，你和老师、朋友、同学之间的情谊，显然不能用值多少钱的礼物来衡量，在很多时候，一声来自远方的问候比一件昂贵的礼物更令人感动，也更加宝贵。

你仔细想想，向妈妈表达节日问候的方式其实有很多种。比如妈妈最喜欢你做什么，你在那一天就努力做到，让她开心；或者你觉得妈妈做什么事最辛苦，你就去帮忙，让妈妈在那一天休息一下。这时候，相信你的妈妈一定会比收到花和减肥茶更加开心。尤其要注意的是，如果你真的要向妈妈的辛苦付出表示感谢，最好的方式就是把每一天都当成母亲节，每一天都用实际行动向妈妈表达你对她的爱。

谁是上帝？

很多电视广告中都把类似"品质第一、服务上帝"或"你就是上帝"这样的话写进了广告语里，如果你真的是上帝，那么你有哪些"上帝的权利"？如果你不是上帝，那么谁是上帝？是别的观众、消费者？是电视台？还是——另有其人呢？

先来看观众是不是上帝。在广告商的眼里，观众就是他们进行产品推销的目标，用电视来推销，比上门推销还要节省人力，看到的人也多，一则广告可以在好几个电视台、好几个时间段反反复复地播放。更重要的是，在电视上，他们可以使出各种招儿，凭空造出一个虚幻的世界，引诱着你走进去。且慢，上帝还会遭到"引诱"么？当然不会，所以——你可不是上帝哦。

再来看电视台。它要生存下去，广告费就是经济依靠。电视台的节目组就像是一个小企业，要盈利，要生存，就得吸引商家来投广告，收他们的广告费。现在，全国电视台利润的 80%以上都是从广告那儿来的。电视台要买设备、要雇人力，都得靠巨额的广告费用做支撑，因而必须在各种时段大量播出广告，甚至在节目中间还要插播，"强迫"观众收看。你看，电视台也很无奈。上帝是不会无奈的，所以电视台也不是上帝。

那么，上帝到底是谁呢？这个答案并不难找。你只要想想，是谁想方设法地让观众看到广告，又是谁当起了电视台的经济后盾，把握着广告的播出？对了，是广告商，一切都在他们的操控之中。他们告诉你：上帝是你，但其实，他们自己才是电视广告的真正上帝！

了解了这么多招数，你还会被广告控制吗？

也许你想模仿偶像，和他们穿一样的运动鞋，和他们用一样的手机；你希望自己和西部牛仔一样潇洒；你被麦当劳营造的快乐气氛所吸引；你羡慕购物频道里的优美身材和光洁皮肤；你觉得那些特别设计的节日礼物很漂亮……但是，在你做出购买决定之前，记住：一定保持住一份理性的思考，想想这样东西是不是真的适合你，你是不是真的需要它，如果不送礼物，你会选择一种什么样的方式对你的亲人和朋友表达关切？在铺天盖地的广告面前，你能经受住五光十色的诱惑、保持独立思考的能力吗？

当然，广告是一种客观的存在，当你保证不再受它控制的时候，下一步就是尝试着从广告中吸取知识、寻求你所需要的信息。你可以比较各类广告，分析这个产品的特征，广告中有哪些因素是合理的、哪些是不合理的，广告商为什么要对这一点进行夸大，针对的是哪一类的人群。你可以采访你的父母、同学和朋友，看看他们对同一则广告的印象是否相同,为什么。而且还可以想一想:如果你是广告制作人的话,你又会怎样设计这则广告呢?

想一想:

1.设计一则广告,分别运用偶像、概念、附加值等方法来向你的朋友和同学推销你爱喝的果汁,观察他们的反应。

2.你和家人曾受广告引导买过哪些东西?效果是否和广告中说的一样?

3.如果你的朋友或同学因为听信广告而受到损失,你会采取什么措施维护消费者的权益?

4.你喜欢什么样的广告?喜欢的原因是什么?

5.你认为一般的广告中含有多少真实信息?

6.朋友过生日了,你如果不买礼物,会选择什么样的方式为他/她庆祝?

你心目中的女孩和男孩是什么样子的？

不同的电视人面对不同的新闻，可能会根据自己的看法，做出完全不一样的报道。这些看法都是对的吗？

当然不是，就像你不可能每次考试都得 100 分一样，电视人的看法，有客观的，也有主观的；有正确的，也有错误的；有主见，也有偏见。你看电视的时候可要小心了，别跟着电视人的偏见跑。怎么，你还不信？好，咱们来举个例子：比如，电视节目里的男孩个个刚强，女孩人人温柔。现实中是这样的吗？好像不见得吧？这就是电视的一种偏见，它扩大了男女生理上的差异，把男生和女生限制在两种固定的性格里。如果所有的人都按照电视告诉我们的男女标准去"培养"自己,那么结果是世界上只有两种人:典型的男人和典型的女人。而在实际生活中,女刚强、男温柔的例子并不少啊,因为人的性格太复杂了,远远不止这两种。是电视,把原本复杂的人性变得单调,把多元存在的空间变成两极对立的世界。

请你闭上眼睛,在脑海里勾画出你心目中的女孩,她是什么样子的?是不是长头发、大眼睛、漂亮温柔、声音清脆、善解人意?接下来,再勾勒一个男孩子的轮廓,他又是什么样子? 是不是英俊、阳光、帅气、努力进取,还具有英雄救美的勇敢气魄?你的这些印象是从哪里来的呢?是身边的朋友同学,还是电视主持人、偶像歌手、广告明星,或者卡通人物?

你可能要撇撇嘴了,我身边的女孩子才没这么漂亮呢,男孩子也没这么帅啊!我心目中的形象,当然是从电视上来的,比如新闻里边,娱乐节目里边,电视剧里边,广告里边……到处都是这样的男生和女生嘛。

好了,既然你的答案是从电视里来的,那么,电视里的男生和女生有什么差别呢?

新闻专题:男女有别

还记得本书"你相信眼见为实吗?"一篇吗?那会儿咱们去了新闻节目的现场,你看到每天在这个世界上会真实地发生很多事件,但不是每一件事都能上新闻。至于报什么、不报什么、从什么角度来报,都是电视人说了算。电视人在"男女有别"问题上的那点儿偏见,全都体现到节目里了,有人把这种偏见叫做"刻板印象"。怎么,你还不信?好,现在,我们就回到电视台,从节目库里随便找条新闻来看看,到底什么是"男女有别"。

这条新闻是某年"两会"期间的,看起来和性别的关系不大。但是——等会儿,你注意到了吗,会上有很多少数民族女性代表在发言,可新闻里并没有切出她们的声音,相反,镜头给了一个大大的特写,突出了她们美丽装扮的形象。也就是说,新闻在告诉观众:她们是美丽的,至于发言内容和参政能力到底怎么样,电视人可没说。

而男性代表在新闻里形象如何呢?巧了,这条新闻的后半部分是采访,接受采访的四名代表,无一例外,都是男的。他们穿着清一色的西服,没女代表那么好看,可是,电视人让他们"出声"了,谈话的内容就是会议议题,充分显示了男性代表活跃的思想和敏锐的行动力。

一项对美国主流新闻的新闻来源的研究显示,制作人倾向于将白人、中年、中产阶级、欧洲血统的男人作为权威的消息来源。另一项对欧洲共同体成员国26个频道的研究也有相同的发现:在黄金时段的新闻事件中,约有3/4以男性为主要消息来源,只有6%的新闻以女性为主要消息来源,而且她们大部分以亲属或妻子的身份出现,而不是独立的个人①。

这条新闻太短了,我们再来翻翻新闻纪实节目库吧。

---

① 《倾斜的传媒》,资料来源:中国妇女网,http://www.cwomen.au.cn

随便拿两个专题片看看，这两个节目都讲的是下岗职工的奋斗故事，只不过主人公一位是女性，一位是男性。第一个节目的女主人公的单位大裁员，她只好下岗，去海南经商，做过白领，后来投资失败，又回到家乡，回归家庭。随着镜头的移动，我们看到这位女性在揉面包饺子，在辅导孩子学习，在为丈夫整理衣服。

听听节目的解说词，"贤惠"、"朴素"之类的词儿一会儿就蹦出来一个，为的是赞扬这位女性有一个幸福的家庭。可对于她独立、不放弃、勇于开拓的精神，却很少提起。在谈到她独自闯荡海南的那段经历时，解说词说，到海南去闯天下"对于一个女人"，或许是个不切实际的选择。

那么，第二个节目里的男主人公呢？对于同样经历了下岗、外出、奋斗、失败的他，节目则用了将近3/5的篇幅告诉你，男人奋斗是多么艰辛，他的身上有着多么宝贵的"不怕挫折"的"坚忍"和"自信"。你看到，他在寒风中快步前行，在都市里打拼，看到他不畏艰险与生活困难做斗争的宝贵精神。

看到这儿，你明白了吧？电视新闻纪实"男女有别"：电视里的女性是美丽的、温柔的、家居的，男性则是睿智的、顽强的、自信的。但实际上，现实生活里的女性代表和男性代表一样，为我们国家的发展提出了很多睿智的建议；女下岗者和男下岗者一样，顽强地经受住下岗的考验，努力找回了自信。而有的男性也很温柔，很顾家。电视屏幕上的男人和女人，和现实生活中的男人和女人，可是不一样的哦！

综艺娱乐：男主女配

从节目库出来，我们再去一趟演播室，那儿正在录制一期娱乐搞笑的节目。考考你的观察力，几分钟之后，你能说出男女主持人之间的区别吗？

这位男主持穿着休闲西服，女主持则是露背装。两位都是久经沙场，会找很多噱头来互相调侃，让你乐个不停。比如，男主持时不时地对女主持来一句"你的身材真好"之类的夸奖，女主持人一听夸奖，腰板挺得更直，反过来夸男搭档"内涵男人"。正夸着，一个重要嘉宾要出场了，男主持立刻恢复正色，从当前的形势到嘉宾的贡献，侃侃而谈。女主持在一旁点头微笑，偶尔也附和一声"是"和"嗯"，最后等男搭档说完，女主持便把声音提高八度："下面有请某某嘉宾出场"。

看到这儿，你发现区别了吗？第一看服装，男主持着装整齐，女主持暴露曲线；第二看地位，介绍嘉宾的大部分台词都是男主持说的，主导地位不言而喻，女主持人多在一旁附和发言；第三看内容，一涉及经济和权利等较为严肃理性的话题，男主持的话语分量就多了。摄像机的拍摄多半是平视或仰视，而对于站在一边的女主持，摄像机的拍摄角度就变了，总是对准女主持暴露出来的身体部位，有点窥视的感觉。而且，为了逗你乐，主持人经常互相调侃个人隐私，调侃之中也有点差别：男主持关注女主持最多的，不外乎身材和容貌，而女主持夸男主持的内容，大多着眼于才能和品质方面的内涵。

2005 年火爆全国的娱乐节目《超级女声》中，女性选手经常获得诸如"你以后穿得规矩点，好不好！你是不是该考虑减肥？"以及"腰长腿短，你不适合穿这种衣服"之类的评语。在电视屏幕上，这些女性选手处于一种"被看"、"被欣赏"的位置，她们受到的评判，大多只着眼于女性的外在美（即便是富有阳刚之气的选手李宇春，获得了"中性美"的赞誉，但"中性美"这一评语的依据依然是李宇春的外表特征，与她的内在素质无关），而忽略了女性的精神世界。

影视卡通：男强女弱

影视剧和卡通片是我们要在下一编"电影"里集中讨论的，在这一篇里，咱们先来一个"热身"，看一眼影视卡通里的男男女女。

打开电视，里面的连续剧还真不少。男主人公出场了，他事业有成，拥有财富且充满自信，尤其是在很多年轻女孩眼中，他成熟、老成、有魅力，不管是什么事情，都能沉着冷静，分析得头头是道。而他身边的女人呢，母亲对他唠叨、情人对他纠缠、妻子对他管制、女儿对他任性、女性朋友对他误解、女同事对他挑剔。你好不容易找出一个精明强干的女助手，人格上还算完整，可是她的家庭很不幸福，最后还和老公离了婚，性格也越来越古怪。在剧中，判断一个女人是否成功的标准，就是甜美的笑容、得体的装扮、文弱的气质……最关键的一条，就是"能不能让成功男人喜欢"。而"成功男人"又是什么样的呢？就拿男主人公来说吧,他有自己的事业,高学历,修养好,虽然不一定英俊,但必然有内涵,有气质,独立性强,最重要的一条是:他有安全感,女孩子喜欢依靠着他生活。

这种让女人依附男人的"刻板成见"也同样存在于美国的肥皂剧中。以经典情景喜剧《老友记》(Friends)为例,剧中三位男性分别是考古学家、公司职员和演员,职位明显比三位女性(侍者、厨师和酒吧歌手)要高。而且,三位男性的生活非常多样化:Joey 在演艺生涯上的跌宕起伏,Chandler 在求职过程中的尴尬收获,Ross 作为一名知识分子的优越生活。相比之下,三位年轻的女性的生活则始终围绕男性展开,而且她们的快乐与悲伤大多与男性的青睐与否有关:Rachel 的情绪总是与她和 Ross 的分合密切相关,Monica 由于幼时肥胖被男生歧视而造成心理障碍,Phoebe 缺少家庭温暖而渴望男性的温暖。而且,为了争得同一个男生的爱,几位女性之间还曾存在一定的龃龉。很显然,爱情是女性生活的重心,苦苦追寻,若不得则失去人生意义。

如果你是个女孩,可能看到这儿就要抗议了。别急,咱们再看一部动画片,一块儿抗议也不迟。卡通片里,"男强女弱"更明显,只不过是把人的形象变成了动物形象而已。记得迪斯尼早期的动画片《小鹿斑比》吗?在小雄鹿斑比和小雌鹿法玲"相爱"时,小法玲遇到了一群猎狗的袭击,束手无策。小斑比勇敢地挺身而出,"英雄救美"。在这里,小斑比是雄鹿,所以有力量去搭救心爱的伴侣,而小法玲是雌鹿,所以面对危险只会尖叫或晕倒,等待雄鹿的救援。而且,斑比的父亲是森林之王,在森林里很有权威,广受尊敬,居于强势。而斑比的母亲则一心抚养斑比,谦和温柔,处于弱势,甚至连丈夫的面也难得一见,并最终为掩护孩子而失去生命,丈夫和孩子就是她的全部。

这样的影视剧和卡通片还有好多呢。总的来说,就是男的主宰世界,个性鲜明,有阳刚之气;女的只是一个依赖男性的附属品,个性模糊,软弱无能。你喜欢这样的形象吗?

电视广告:男外女内

上回咱们讨论广告的时候,曾经聊过母亲节促销的事儿。但不知你注意过没有,在父亲节的时候,商家促销的物品和母亲节时拿出来的,有什么不一样呢?

咱们来当个有心人,把母亲节和父亲节期间的促销广告记录下来,你就会发现一个很有意思的现象:母亲节促销的东西,大部分都是家居和厨房用品、衣服、饰品和护肤品,而父亲节促销的东西,大多是手机、电脑、商务通和数码产品。这是怎么回事,难道男性就不需要厨房用品、女性就不需要数码产品了吗?

有人对电视广告进行了大致的统计,结果表明,女性多出现在服装美容、家用产品和商业服务业的广告中。尽管在现实生活中,都市女性和知识女性使用这些产品的情况已经非常普遍,但在科技电子类的产品广告中,女性角色出现的次数只占 14.9%[①]。一个最常见的广告模式是：女性作为母亲或妻子，在家里照顾孩子或丈夫吃喝、做家务，并且是服装、美容产品以及金银首饰的主要消费者。男性则多出现于机械、电子、科技的广告中，说明男性以技术和专业操纵世界，创造财富。"男主外，女主内"的两性角色定型非常明显。

请你集中精力观看 10 分钟连续的广告，仔细分辨这些声音，听出来了吗？大部分广告的旁白都是男子的声音。哎，等等，这个洗衣机的广告是女声，可没过一会儿，屏幕上就出现了一个男的，原来这个洗衣机是他送给妻子的，这会特地跑来"告诉"妻子应该怎么使用——还是离不了男声！

再来看男女对话的广告，好多都是女孩向男孩倾诉她的困难，希望男孩帮她一把，或者请男孩解答她的疑难问题，即使在做完一件事情之后，也一定要问问男孩"我做得对吗"，有的女孩还直接赞美男孩"你真帅"，或者"为什么我没有你那么棒呢"。你看，下面这个儿童学习机的广告就是这样：一个小男孩在熟练地使用学习机，一个小女孩抱着一只小熊站在他身边，以一种崇拜的眼神看着他，然后说："你真棒！"

当然了，这 10 分钟的广告里也出现了几位职业女性，但她们要么是公司职员，要么是礼仪小姐，要么做前台接待，要么做空中服务，很少有领导者或管理者。而且，

---

① 卜卫著，《媒介与性别》，江苏：江苏人民出版社，2001 年 10 月第 1 版。

屏幕上的她们经常遇到生理问题、心理问题,一旦被这些问题困扰,就不能安心工作,尤其是情感问题,她们好像都不属于社会,而是属于她们的男朋友或先生。有一个女性用品的广告词甚至直接告诉你,对一位女性来说,通过婚姻寻找归宿感永远是生活中最重要的内容:"在现今这个世界上,如果你掌握了窍门,做一个女人更自在——因为女人可以借助婚姻改变人生,而无需经过艰苦的奋斗过程,因为女人可以纵容自己逃避竞争,轻轻松松退回家庭的避风港。当文化只要求妇女充当妻子和母亲的角色时,她何必去为其他事情操心呢?"在广告里,女人不再独立,也没有了自我,她们不想主动积极地去争取什么,生活的全部只是找到一个家庭,然后就可以依附于男人而存在,除了身体之外,她们一无所有。

这两则汽车和别墅的广告更过分,买汽车、买别墅的都是男人,坐在副驾驶位置上的、被男人领着走进别墅的,都是女人。广告词里的"香车美女"直接把女性和汽车摆在一起,当成了男性财富的一部分。一些广告拍得还很低俗,比如,这个高档皮衣的广告,让一位女子穿着极短的皮裙旋转,一直转到丈夫鼓掌为止。这实际上已经不仅是一个"男外女内"性别偏见的问题,而是用色情来招徕观众了。

在你的身边,男生和女生当然有很多不一样啦!比如,男生声音粗,女生声音细;男生力气大些,女生力气小点儿,但是,这些只是生理上的差别,并不意味着男生一定有思想,女生一定软弱无能。就拿汽车和别墅来说,今天回家的时候,你搭乘的出租车也许就是一位女司机开的,而且,就在前两天,你的邻家姐姐就自己买了套房。所以啊,电视节目把现实生活里男孩和女孩的差别夸大了,把不同的性格强加给他们,还告诉他们,社会上有很多人期望男孩这么做、女孩那么做。实际上,这种期望可能有,但绝对没有媒体上说的那么严重吧!因此,你在新闻节目、综艺节目、影视卡通和电视广告中得到的男女印象,可能就是"电视人"无意中传达出来的刻板印象,这些印象并不等于现实,而且与现实有很大的差距。如果你把它当成现实,把这个框框随便套在同学和朋友的身上,恐怕就要犯错误了。

你会发现身边有很多男孩子很细心、很温柔,很多女孩子很豪爽、很刚强。而且,男性也不一定非要刚强而有成就,女性也不一定非要温柔而善理家务。不管你是男孩还是女孩,肯定都喜欢自由自在地生活,不想用"刚强"或者"温柔"来约束自己,是不是?事实上,并不是所有男孩都是刚强才好,也不是所有的女孩都要温柔才对,重要的是,男孩和女孩是平等的,一起创造生活,携手走向辉煌灿烂的明天。

想一想:

1.分别举出一个含有性别偏见的电视新闻、综艺节目、影视剧、卡通和广告的例子,分析其中有哪些性别刻板印象。

2.回忆你平时看到的电视节目和广告,找出一个能够完全体现男女平等的例子。

3.修改一则含有性别偏见的电视广告,去掉其中的性别偏见,同时又不影响广告效果。

4.采访你周围的男性(如父亲、男同学、男性朋友等),请他们谈谈心目中的男性和女性形象,询问他们的依据。

5.采访你周围的女性(如母亲、女同学、女性朋友等),请她们谈谈心目中的男性和女性形象,询问她们的依据。

6.比较上述答案,总结其中的差异,分析其观念形成原因。

是胖好还是瘦好？

m o i T L u b

电视告诉你的，除了"男女有别"，还有什么呢？相信这个问题难不倒你，电视里流行的观念随口就能说出一大串，比如，清瘦才是漂亮，消费方为时尚，成功就是香车美女……电视让你看到了最有曲线的影星、最新最炫的手机和 MP3、最豪华的别墅和最漂亮的家具，告诉你，去追求它们吧，你就能获得幸福和成就感。这些奢华的电视大餐很容易让人迷失在一个五光十色的世界中，就像污染的水与空气会侵蚀与败坏人体的机能与健康那样。那么，我们怎样才能在电视大餐前保持健康呢？告诉你一个秘诀吧，那就是在进餐之前牢记一点：电视不是梳妆镜，而是哈哈镜,镜子里的那个世界不是真实的,而是扭曲的。

如果你身边的同学、朋友或亲人身材偏胖,你认为这些人美吗?如果你一年没有添置新衣服,会不会觉得自己"老土",没个性,跟不上时尚的脚步?在你看来,什么样的人能称得上成功? 这些问题看起来毫无联系,但是,请你在作答之前好好想想,你的答案是从哪儿来的?

很多人的答案都是:从电视上来的啊。电视说瘦就是美,说时尚总在变,说某某人成功了——这些,都是电视上说的,有根有据,并不是咱们凭空想出来的。那么,你有没有想过,电视为什么说瘦是美的而不说胖是美的?为什么今天说时尚是这样明天又说是那样,让人永远跟不上?为什么说这些人是成功的而不说另一些人是成功的?

哎呀,怎么这一篇才看了个开头,就冒出来这么多的问号呀?!别着急,这些问号的后面,都是很有意思的故事呢!下面我们就一个一个地来把疑问解开——当然了,在我们一起寻求答案的过程中,问题还会不断地冒出来。

是胖好还是瘦好?

你有过减肥的经历吗?你为什么总是嫌自己胖?胖点难道不好吗?你也许要说,因为明星都很瘦嘛,而且,电视里的胖人都很笨拙、贪吃、老是被别人取笑,你不想成为那样的人。可是,胖人真的是电视里的那个样子吗?

很多电视节目里不仅说"瘦"就是美,而且说,只有"瘦"才是美。你看电视里的女孩子,都是又苗条又年轻,她们不但瘦，而且皮肤光滑，没有一丁点儿的皱纹、疤痕和瑕疵，甚至连毛孔都没有。好多接受电视采访的女人本来就已经很瘦了，还要说自己太胖、要减肥。有些电视剧里也会出现一些胖子，但这些人大都是反面角色，笨手笨脚，一点都不讨人喜欢。看了几回电视，你的脑子里很容易就产生了这样的印象：胖是不好的，瘦才是好的。

事实果真如此吗？别忘了，咱们在文章开头就说了，电视是一面哈哈镜，和现实并不是一回事儿。电视节目为了好看，常常运用强烈的视觉对比，做出戏剧化的滑稽效果，比如让个胖子笨拙地摔一跤，惹得观众哈哈大笑。为了这种效果，电视人在选择演员的时候，就会根据演员的外在条件——身材啊、相貌啊——来分配角色：如果某演员体型较胖，五官又不够端正，可能就让他/她担任反面角色；如果某演员形象较好，体型瘦弱，那么担任正面角色的机会就多些。尤其是在谈话和综艺娱乐节目中，为了让观众"笑出来"，电视人就安排比较胖、比较重的男生与女生，特意表现出笨笨的样子，让他们演些滑稽的动作，拿他们的身材开开玩笑，有的时候，还要故意去"丑化"一下他们。久而久之，这种简单的分类就在你的心里留下了"胖人笨，瘦人美"的刻板印象。

仔细想想，胖人可未必笨哦！在你的班级里，拿高分的老是那个胖乎乎的女孩。瘦人也未必美哦！邻居家的小妹妹身体不好，又瘦又苍白，总是一副病恹恹的样子，你看见她，哪里有一丝半点的美感啊。这就对了，"胖人笨，瘦人美"这么简单的分类，在现实生活里根本行不通，因为每个人都有自己的特点，有独到的聪明和美丽之处。就拿你自己来说吧，可能你的身材长得"圆"了一点，可是你既善良又可爱，聪明绝顶，行动敏捷。所以，千万不要看见电视里的胖人笨就对自己失去信心噢！

还要告诉你，电视里的"美女"和"帅哥"在生活里是很难找到的。"她"和"他"都是经过了人为加工的"完美再现"，是"人造美女"和"人造帅哥"。稍稍动点脑筋，你会发现，几乎所有电视广告里的美女都是"纤腰一握"，并且"纤尘不染"，美得不食人间烟火。要打造出这样的"完美形象"，可是费了电视人一番功夫。有的时候，为了塑造一个形象，他们要为模特儿和演员精雕细琢好几天，花一大笔钱买最昂贵的化妆品。只有这样，制造出来的"电视美女"才能美得无懈可击，才能让观众心生羡慕，拼命地去摆弄甚至完全改变她们的脸和身体，不顾一切地要"和电视里一样"。但是，就算你费尽九牛二虎之力，把自己折腾成一个细腰美女，你也总是会发现自己还有比不上"电视美女"的地方，比如，皮肤不够白啦，眼睛不够大啦，等等。为什么总是达不到那个程度呢？因为，电视上的"完美"是扮演出来的，是现实中不存在的。电视上的美人儿出了演播室，卸了妆，可能还没有你漂亮呢！

电视之所以争先恐后地告诉你"你应该是什么样子"以及"你需要喝这个牌子的瘦身茶、吃那个厂家的减肥药、做这种面膜、用那种护肤霜才能达到这个样子"，都是为了让你相信：嗯，你是不够美丽的，想要更美丽吗？来用我们的产品吧！你从本书前面的"广告能控制你吗"一篇中已经看过了这些招数，广告商想要通过"美"来赢取利润的心理，现在已经瞒不过你的眼睛了，是不是？

咱们聊到这儿,问题又来了:就算你打扮成电视里的美女和帅哥了,你就真的变"美"了吗?

电视说,把你的身材变好了,皮肤变白了,毛孔变细了,你就变美了。等等,你发现什么了吗?对了,照电视这么去做,变美的只是你的身体和脸孔,然而,你的气质呢,你的心灵呢,也能随之变美吗?

当然不是!电视里的美都是看得见的,现实里的美在很多时候是看不见的;电视里的美是单一的"瘦",现实里的美则是多种多样的。清瘦可以成为一种美,丰满也能成为另一种美,而且,你可能有这样的体会,那就是,在很多时候,你觉得"她/他真漂亮"的原因,并不是因为她/他的身材和容貌,而是她/他的气质和修养。因为世界是多元的,所以美的标准也是多样的。电视节目里的"标准美女"和"标准帅哥",只代表了其中的一种美,而且是最直观、最外在,也是最肤浅的美。

而且,单一的"瘦"看起来也不一定美丽,你看看这些词儿:面黄肌瘦、瘦骨嶙峋,你想变成哪一个呢?恐怕一个也不要!保持美丽的秘诀,其实和"胖"、"瘦"都没什么关系,关键是要保持一个健康的身体。要是一味按照电视里说的去做,尽管身材不坏,却还要去减肥,甚至为求瘦上几斤,就几天不吃饭。这不叫"求美",而是"自虐",给身体带来的伤害, 可能一辈子都没法恢复了。失掉了健康,"美"便无从谈起了。

因此,如果你没有"张柏芝的身材、赵薇的眼睛",没有"施瓦辛格的肌肉、贝克汉姆的脸",也大可不必担心,因为你可能拥有睿智的头脑和敏锐的思想, 还拥有一颗美丽的心灵。有了这些,你完全有资格骄傲地说:我是最美的!

你需要时尚吗?

你买过像电视主持人或者其他嘉宾、演员穿的那种磨破了的牛仔裤吗?你有没有把自己的头发染成电视里"韩流"的黄色或者红色?你是否非要第一个去品尝麦当劳在电视里最新推出的花样?如果你不去买或者不去吃的话,你会觉得自己不够"酷"、不够时尚吗?

电视会告诉你,想要赶上"时尚"的潮流,就先用这些东西来武装自己吧:这个品牌的牛仔裤,那种颜色的染发素,还有,你只有到了麦当劳叔叔那里,才算是过上了"今日的快乐生活"。但是——你真的需要这些东西吗?

可能你要说,没关系,电视里的选择多多,如果我不喜欢这个牌子的牛仔裤,马上又可以看到另一个牌子的牛仔上衣,消费品那么多,消费空间这么大,我总是能发现适合自己的时尚,把自己变"酷"、变"帅"、变"个性"、变"自由"。

问题是,你是怎么知道这个牌子"酷"、那种发型"帅"、这条裤子"个性"、那件上衣"自由"的呢?哦,当然也是从电视里知道的了。好,现在你该清楚了:设定"时尚"标准的是电视,提供"时尚"物品的还是电视,而你,不过是跟着电视跑罢了,哪里还有什么"个性"和"自由"呢!

不错,电视是给了你一个选择的空间,可是,这个空间有多大呢?你看,它同时给你推荐几个牌子的运动服,请你自己根据"个性"进行选择。事实上,那所谓的"个性选择",只不过意味着从各种不同牌子的牛仔裤中选择了一种牌子,或者从红色、绿色、紫色、蓝色和棕色的染发剂中选了棕色。你的选择只能在这个限定的圈子里进行。就拿染发剂来说,你觉得红色"够个性",就选了红色,可是,听信电视推荐红色的人肯定不止你一个吧。你顶着红色的头发出了门,咦,怎么满大街都是红色啊,这种情况下,你还觉得这是"个性"吗?

因此,电视给你的选择自由,并不是说你想要什么就能给你什么,而是电视预先为你设定了"你需要这个、这个,或者那个",让你从中挑一个,你挑中了这种"个性服饰",别人也挑中了这种,那么,你的"个性"就成了大多数人的"共性"。其实,在大多数情况下,你既不需要"这个",也不需要"那个"。

这话怎么说?!别着急,咱们慢慢聊开来。电视里的时尚和自由,无非建立在消费的基础上。电视说,有了"这个",你就有了自信;有了"那个",你就占领了时代的潮流。可是,你的自信只能通过服饰、食品和头发的颜色来建立吗?就算你跟着电视买了件名牌衣服、染了个另类头发,吃了几顿热量高且不易消化的潮流食品,从外表上看,你已经是个追逐时代新潮的男孩或女孩,可是,你的创造力也跟上了这个时代吗?你获得了时尚的装扮之后,能从心底涌出一股成就感和创造感吗?

你去染红头发,是因为想要制造一点儿与众不同的精彩;你去买露背装,因为希望自己有对服装的评价和判断,想独立自主地去做点儿什么,而不愿意总是听父母说

"这件事该做，那件事不该做"。你追逐时尚，是因为你的心底里总有一种需要：一种进行创造、独立和自由的需要，一种把握自己命运的需要，是实现自我和完善自我的需要。但是，你的所谓"独立"，不过是跟着电视跑，哪里有什么创造和精彩可言呢！

从表面上看，电视是投你所好，指导你如何变得更"酷"，但实质上怎么样呢？请你想想，你在沉溺于如何把自己变"酷"的同时，是不是就很少花时间、花精力去组织、参与班级活动，比如发起一场球赛、辩论赛？你在满足于满头红发吸引路人惊异目光的同时，是不是考虑到那头红发是否适合你？你总是抱怨，老师不相信你、家长不放心你。可是你有没有想过，你完全可以通过自己的努力做出一些事情来，让他们刮目相看。当然了，如果你整天关注的只是"电视上说，麦当劳又出了一种新生代"，别人又怎么能够相信你有独立思考的能力呢！

电视里的时尚，是电视为你准备的，而未必是你需要的，对不对？而你喜欢的快乐、自由和独立的感觉，也不是买一套漂亮的衣服就能获得的，是不是？事实上，不买牛仔裤、不染头发、不吃麦当劳，你同样可以是青春时尚、自由自在且幸福无比的。和家人聊天、和朋友聚会、去剧院看话剧和芭蕾、在音乐厅欣赏交响乐，甚至去爬一次山、打一场篮球、看一本好书，给你的快乐丝毫不亚于染个红发，对不对？问题的关键在于，你找到你真正需要的东西了吗？

那些你真正的需要，潜藏在你的内心，它们就像毛毛虫一样，悄悄地藏在蛹里，你几乎感觉不到它们的存在。

如果你整天想着怎么照着电视上所宣传的打扮自己，就更没有工夫来理会它们。而如果你能够在电视面前，始终保持自己独立而冷静的思考，它们就会慢慢地破茧而出，蜕变成美丽的蝴蝶在你的心里飞翔。而且，由于这些需要生长在你的心里，所以永远不会过时，因为它们代表着一种持久的文化，一种能够代代相传的永恒时尚。你将发现，你的身体里原来潜伏着这么强大的创造力，你可以变得这么独立、自由。在不经意间，你自己将不再是时尚的追逐者，而是时尚的领导者，拥有了真正的时尚。

什么是真正的成功？

你渴望成功吗？你认为什么是成功？电视里说，成功就是"穿体面的衣服、开体面的车子、住在体面的生活区"，你认为对吗？

有好多人的回答都是："当然啦！"或者："电视里都是这么说的嘛！"不错，这就是电视告诉你的"成功"：高学历、多财富，当然了，香车美女也是少不了的。电视里经常可以看到这样的成功故事：一位企业家从哈佛大学毕业，拥有私人的直升机，住在一个欧洲城堡般的别墅里。有一天，他娇美的妻子过生日，他送给她一幢在意大利的豪宅作为生日礼物。

看到这儿，你可能要说：哎呀，成功好难哪，我身边的人就没一个成功的！要是你这么想了——哈哈，你又上了电视的当了！

咱们早就说过了，电视是个哈哈镜，总是把复杂的东西简单化,把多元的东西单一化。"成功"本来有好多内容,比如善于思考、有责任感,等等,可是一搬到电视上,就变成了"成功就得有钱"。有的节目和广告甚至告诉你:成功就是高消费,通过高消费,你才能获得别人的尊重。比如说,美国曾有一个民航公司在播放个人包机的广告:一个西装革履的某公司 CEO 对着观众说:"我配得上它";在一则纪录片中,一对家庭贫困的父母没有能力为他们的女儿购买最新的电子游戏,他们的女儿就觉得不好意思邀请朋友上她家里来玩,屏幕上,这个小女孩说:"我以后一定要有很多钱,要成功。"

为什么会这样呢?原因有两个:第一,咱们都知道,和报纸杂志比起来,电视是靠画面来"说话"的,所以就善于表现一些外在的"看得见"的东西。就拿那位青年企业家的节目来说,他的直升机和豪宅都是"看得见"的,造成视觉上的冲击,让你扫一眼就能够留下深刻印象。电视媒体有了这个特点,当然就会多多选择那些外在的、让人一望即知的画面来表现"成功"啦。而让你一眼就能看见的"成功",无非就是那些体积庞大、价格昂贵的奢侈品。电视老是拍这些,就给人造成了"成功就是财富"的错觉。所以啊,电视所表达的成功,只是"看得见的成功",而对于那些"看不见的成功",电视则很少去报。对了,"看不见的成功"有哪些呢?现在请你先想想,过会儿咱们再说吧。

第二个原因就和电视人有关了。在本书"你相信眼见为实吗?"一篇里,咱们曾经讨论过,选什么电视题材、把哪几个镜头剪接在一起,都是电视人决定的。要是电视人觉得成功就是香车美女,那么,电视告诉你的成功,也就成了香车美女。就拿那则对贫困家庭的报道来说，做节目的电视人觉得，小女孩的父母没有钱，因而是不成功的，所以就告诉你：这家人不代表成功。因此，电视里的"成功"，实际上是电视人眼中的"成功"，并不是"成功"本身哦。

聊到这儿，你肯定着急了，到底什么才是真正的成功呢？这个问题并没有一定的答案，真正的成功可能会包括很多因素，比如你获得了多少朋友的完全信任、你是否时时感觉到幸福和快乐、你是否能够拥有思想的自由，如此等等。就像一千个人心目中有一千个哈姆雷特那样，每一个人都有自己对于成功的理解。电视里的"成功"只代表了它某一方面的内容，因为有钱并不一定幸福，贫穷也不一定意味着失败。至于你自己心目中的成功定义到底是什么，只有你自己才知道。要提醒你的只有一点：请你千万别被电视牵着鼻子走，而要运用你灵活而智慧的头脑，设定一个自己的标准，并尽可能地去实现它。

除了"美丽"、"时尚"、"成功"之外，电视这个"哈哈镜"里边，还有很多其他的概念。这些概念、观点和看法通过电视折射出来之后，有些还保持着原形，但更多的已经扭曲了，和现实不一样了，带上了各种各样的偏见。当然了，这也怨不得电视，因为我们生活的世界是太多样了，而电视充其量只能反映大千世界里的一小部分。不过，好在电视的主人还是你，当你面对瞬息万变的时尚潮流和消费诱惑时，最重要的一点就是：保持住你自己的独立思考。

想一想：

1.你看过的节目中，有哪些节目明确指出"瘦才是美"的？把它们记下来，你认为这些节目为什么要这样说呢？

2.你和你身边的朋友经常认为自己的身材不好吗？为什么？

3.如果电视里说今年流行紫色，你会立刻去买紫色的衣服或者饰品吗？为什么？

4.你看过哪些时尚节目？你认为时尚是什么？

5.你的父母成功吗？你心目中成功的标准是什么？

6.除了"美丽"、"时尚"、"成功"这些概念之外，你认为电视还经常传达哪方面的价值观？

儿童和成人
有区别吗?

要看报纸、读杂志,先得认识字儿;想写"博客"、冲浪,先得会上网;还是电视最简单,按个开关就OK。一部电视剧,3岁的孩子能看,30岁的大人能看,70岁的老人也能看。这下好了,3岁的孩子也知道了暴力、凶杀甚至色情——电视上看来的呀!

当然了,电视人也想到了这一点,做了很多"孩子们的节目"。可这些节目你喜欢吗?能表达你的想法吗?它究竟是"孩子的节目"还是"大人的杰作"?如果你说:"不,我不喜欢。"那么,你能制作出自己喜欢的节目吗?

还记得你第一次看电视是什么时候吗?是认字儿的

时候,学走路的时候,还是刚刚会爬的时候？那个大方匣子里小人能活动,会说话,只要按下遥控器,它们就出来了,真是个让人欢喜的好东西。一个人在家无聊,就凑合着把电视当伙伴吧。尽管它不仅让人欢喜,偶尔还会让人小小地"忧"一下,比如,电视里血淋淋的画面有点可怕,嗯,晚上睡觉时心里还有点打小鼓。再比如,在电视上说话的"祖国的花朵"们明明和你一般大,可那语气、那"范儿"都端着款儿、拿着调儿,都是"大人话",你也想上电视说几句,可这个愿望实现起来却不那么容易:虽然家里的电视近在咫尺,可屏幕里的世界遥不可及,因为几乎没有人来问你"你喜欢什么,想要说什么",你也不知道通过什么途径才能上电视。

看着电视,小小少年在长高。血腥？不怕！暴力？不怕！看着痛快过瘾,就是心里有点儿躁动不安;看电视里的服装表演,多漂亮多气派,嗯,等长大了再穿？太晚！不如从现在就开始"长大"。什么？"少儿节目"？当然不看！

不错,电视让你提前看到了一个成人的世界,而且,从你第一次拿起遥控器的时候,它就开始悄悄地影响你,就像农民用化学药品把麦子催熟一样,电视也正把你"催熟"成一个"小大人"。可是,在心里问问自己,你真的长大了吗?能够对自己的一言一行负责任吗?如果你还有点儿犹豫,呵呵,没关系。咱们来想另外一个问题,那就是,为什么是电视能够在你很小的时候就吸引你、影响你、"催熟"你,而不是报纸、杂志呢?至于你,又是否努力过,一定要在电视上发出自己的声音呢?

电视把你带入成人的世界

对于刚才的那堆问题,咱们一个一个地解答。电视之所以在你很小的时候就能够影响你,是因为它与生俱来就有这能耐!你想啊,报纸和杂志上的文章,那是成百上千个方块字的排列组合写出来的,你具备一定的认字、词组、句法等能力,才能读懂一篇文章。而看电视就不用费这个劲儿,那些不识字的老奶奶,虽然看不懂电视字幕,可是她们能听懂人物在说什么,看懂人物在做什么,这就够了。所以,电视在你认字之前,就能够开始影响你了。有人做了一次调查,结果显示,在很多大城市里,未成年人看电视的时间,比他们看书、看报、看杂志、听广播、听录音带、看录像等等的时间,都要长好多呢①。

电视色彩丰富,富于变化。你看,现在电视里播着服装秀节目哩。身材高挑的模特在 T 型台上走来走去,她们穿的衣服剪裁精致,钉着闪闪的亮片,佩戴的首饰在灯光下放射出五彩的光芒,让人眼花缭乱。舞台上的世界是那么的令人羡慕。相比之下,你会觉得自己身上的衣服太普通太幼稚了,哎呀,等不及了,现在就要变成模特。趁着妈妈上班没回家,快快戴上妈妈的项链和耳环,到镜子前面去好好美一下。

呵呵,这种服装秀节目可不是做给你看的,它们的对

---

① 卜卫著,《大众媒介对儿童的影响》,新华出版社,2002 年 1 月第一版。

象应该是那些成熟而时尚的成年人。这话你可能不爱听了，哼，电视里播的节目，我想看就看。的确，咱们刚才讨论过，电视依靠图像来传播信息，因此不像报纸、杂志这些印刷媒体那样，要求观众具有识字的能力，甚至不像网络那样，需要用户学会操作"网络连接"一类的简单技术。电视所要求你具有的全部能力，只是在遥控器上轻轻地一按。因此，尽管大部分电视节目是做给成年人看的，但是，既然你打开了电视，就有权利收看、喜欢，并且按照电视里的成人方式去打扮自己。

　　电视催促着孩子们快步走进成人的世界。现在，在欧洲的一些发达城市里，你已经很难看到"儿童模样"的儿童：街上十一二岁小女孩戴着最流行的耳环，穿着露背装；八九岁的男孩把头发梳成最流行的歌星的样式。出生在 20 世纪 80 年代以前的孩子，小时候可能还喜欢问大人各种问题，因为他们经常会对"生命从哪里来的"之类的问题进行思考，并慢慢地得到自己的答案。但是，伴随着电视成长的孩子，他们还没有长到能够独立思考、提出问题的年龄，就已经明白了太多的答案，今天，对于爱情和性这样的话题，早已不是成年人的专利。

　　那么，是不是可以说，电视在你四五岁、七八岁的时候就真的把你提前"催"成一个完完全全的成年人了呢？答案当然是否定的。在你很小的时候，虽然电视让你看到一个成人的世界，但是，你只是"看"到了，而并没有真正地"经历"过，这两种体验有着本质的区别。没有经历过，你就不可能具备和成人一样的判断力、思考力、阅历和心智。不信吗？那么回想一下，你小时候偷偷戴上妈妈首饰的那一刻,有没有想过"为什么要戴这些首饰"、"这些首饰是否适合你"这样的问题?你不会去思考这些问题,这也是很正常的,因为你对于电视里的模仿只是出于天性,觉得好玩儿。但是你可要注意了,既然你还不知道这些是不是适合你,那可不要成为"没头脑",电视说什么好,你就说什么好。一定要保持冷静,拥有一个聪明独立的头脑。

电视在把儿童变得成人化的同时,实际上也把一部分成人儿童化了,电视里"孩子气"的成人越来越多,使用的词汇越来越简单,展现出一种简单化了的社会生活,增强了儿童模仿的可能性。美国经典情景喜剧《老友记》(Friends)里的Joey就是一个典型的"儿童化的成人",他并不认真对待工作、不抚养儿童、不参与政治、不负社会责任,也没有严肃的计划,甚至从没有和别人进行深入的探讨,他的性格和一个8岁的孩子没有什么区别。似乎在对孩子说,成人的世界就是这样轻松而玩世不恭的,这种看法将对他们的世界观产生潜移默化的影响。

当然,咱们不能过多地责怪电视,因为这是它与生俱来的特性,就像每一个人都同时拥有优点和缺点一样。需要提醒你的是,穿上大人的漂亮衣服,可不一定真的就长大了喔。要想知道你是不是真的长大了,那就注意观察你周围的人,看看他们是不是放心地把一件重要的事情交给你去办;在讨论某个问题的时候,是不是很重视你的意见,看看他们是不是真的把你当大人一样地看待并信任着?

"暴力保姆"的阴影

你被电视吓到过吗？别忙着否定。想想,电视里的皇帝动不动就砍人脑袋,血直直地喷溅出来……当然了,现在你知道那些都是假的, 可是第一次看到这种血腥的场面,还是有点儿恐惧的,是不是?开始的时候,你可能还害怕得睡不着觉呢, 可又忍不住好奇地从被窝里伸出头来再看一眼。没说错吧?久而久之,你对那些暴力的镜头就不再害怕了,反而觉得那是一种刺激。有时候还想,嗯,我是不是也能模仿一下电视里的英雄,舞个枪、耍个刀、弄个棒、砍个脑袋什么的,多带劲儿啊。尤其整天要学习、要考试,总让你心情不太爽,电视里的"大侠"就更成了你的偶像了——要是能像他那样,打遍天下都不怕,就没有眼前的这些烦恼了,考试的压力更能烟消云散。

其实,受到暴力镜头影响而希望当"大侠"当"英雄"的,可不止你一个人,很多成年的电视观众也是这样。但相对来说,你现在还没有对这个世界形成一种固定的认识,还不知道打了人、伤了人会造成什么样的后果呢。你只是喜欢单纯模仿,觉得痛快,因此,电视对你的影响要比成人更深。如果你从很小就开始接触这些暴力镜头,那么,电视就像你的保姆一样,带着你长大,影响着你的性格。不过,被这位"暴力保姆"带大可不是什么好事儿,"她"不仅不会告诉你怎样进行理性的判断,更不会教给你为人处事的道理,反而会给你的心理投下阴影,让你变得冲动好斗,动不动就发脾气,你愿意变成这样的人吗?

在美国系列片《加里森敢死队》播出后，曾有一些十几岁的少年组织起来，也自称"加里森敢死队"，到处进行偷盗和抢劫。几位12岁的中学生由于看了《上海滩绑票奇案》之后，绑票杀人，作案手段和片子里一模一样。导致这些少年作案的因素有很多，其中的一点就是，他们没有认识到，电视世界里的暴力是一种虚幻的刺激，和现实生活相去甚远。在电视的世界里，一般人似乎都可以直接参与暴力，完全没有法律的约束，施加暴力的人也不用担心受到惩罚，似乎只有暴力才能解决问题，达到既定的目标。但所有的这些，都不可能在现实社会中存在。如果你对别人施以暴力，必然要受到法律或其他规章的制裁和制约。因为任何一个社会都有一套维护它稳定运行、推动它向前发展的秩序，这个世界应在人与人之间的协作、人与人之间的尊重中和平发展。如果你不尊重这个社会的秩序，不尊重同在这个社会中生活的其他人，那么，你的行为必将受到社会的惩罚，你本人也将遭到社会的遗弃。

你身边的世界里并没有电视里那么多的暴力。我们一直在探讨电视里有哪些是真实的、自然的，哪些是不真实的、经过人工处理的。而那些暴力镜头就几乎完全是人工制造出来的，具体的制造方法我们将在本书下一编"电影"里进行讨论，因为这些技巧最早都是从电影那里学来的。

意识到了暴力镜头的虚幻性之后，如果你的朋友还在为昨天晚上的枪杀片津津乐道，互相探讨动作的"完美性"，那么，你是不是可以考虑，告诉他们电视暴力和现实世界的距离，并邀请他们加入我们的讨论呢？而且，如果你觉得电视里的某个暴力镜头对你造成了心理上的长期不适,那么,你有权利给电视台打电话,告诉他们你的感受,说明他们的节目干扰了你的正常生活。

家长代言人

谈到这里,你可能会有些不乐意了:不错,那些成人时装秀、暴力动作片是不适合儿童接触,可是我们身边到底有没有儿童自己的节目呢?从小到大,电视里倒是从来没缺过儿童节目,可是,电视里的同龄人说的话、做的事都和你太不一样了,他们表现出来的一些看法和认识,和家长倒是差不多,可以说是"家长代言人"。

相当一部分电视节目的编导是成人,在很多成人眼中,18岁以下的未成年人是"天真可爱"的,也是缺乏自己想法的。实际上,你并不缺乏自己的想法,只是编导不知道你有思想,更不了解你的思想,因此,节目中的未成年人的形象至少一半是出自编导的想象,节目中的儿童往往是"成规定型"的,比如:粗心大意、有同情心、好动多变等等,但实际上,无论是你小时候的玩伴,还是你现在的同学和朋友,他们的性格都比电视里的那些同龄人要丰富得多。而且,在成人的想象中,通常会以自己那个时代的少年和儿童形象为蓝本,以自己的童年经验为基础,他们常常想"我小的时候会这么说",所以也就会去以此"操练"接受采访、进入节目的你的同龄人,让他们说出"应该说"的话。这样一来,少年儿童就成了成人社会的陪衬,失去了自己的声音,给你的感觉也就成了"代言人"。

未成年人是接受新生事物最快的人群，这一代儿童的想法和上一代人的观念有着天壤之别，凭着上一代人的想象来塑造今日的儿童形象，难怪这些节目你不喜欢。

还有一个问题不知你注意到没有：电视为了增强表现效果，在选择少年儿童进入节目的时候，倾向于把机会让给那些口齿伶俐、漂亮可爱、受过良好教养的孩子，而那些才智、长相一般的孩子很少出现在屏幕上。事实上，这样的孩子占了大多数，他们的声音才是最广大孩子的声音。

任何人都不喜欢被迫说"别人的话"，也不喜欢看自己的同龄人给成年人"代言"。但是，单单不喜欢是没有用的，你有没有想过去和更多的电视人进行沟通，让他们了解你们在想什么？同时你也可以去了解他们的想法，获得间接经验，增长自己的人生阅历。在这一方面，你的一些同龄人已经采取了积极的方式。

让自己不再沉默

你听说过"CE"这个组织吗？它是英文 Children's Express 的缩写，是由 8~18 岁的儿童组成的新闻报道组织，1975 年成立于美国纽约，后来发展到美国其他地区和英国、日本等国。"CE"类似一个小通讯社，完全由儿童自己管理，包括确立新闻选题、组织采访、写稿和编辑，然后由大众媒体来播发它的新闻。它的口号是"By children for everybody（儿童为所有人制作的新闻）"，它的新闻报道不仅是为儿童的，更是为成人的——让全社会听到儿童的声音。

目前，世界各国都规定了少年儿童对于包括电视在内的媒体权利，少年儿童有权利接触他们自己的媒体，而且，有权利知道对他们有益的信息，比如，少年儿童的节目里应该蕴含鼓励个性和独立思考、提倡男女平等、尊重多元文化等意识。可以说，过去那种把儿童作为"沉默的被关怀者"的情况，已经大大地改善了。

当然，还有很多事情你是可以去做的。首先是积极地向媒体提出你的建议，让编导们了解你的想法。比如说，如果你发现了一件有关教育改革的事情，和你及你的同龄人密切相关，你相信它具有一定的新闻价值，你可以督促电视台去报道这条新闻。而且，在一些有关教育改革、学生生活的报道中，如果你觉得被采访对象里没有你的同龄人或者那些同龄人说的话显然经过了编导的操控，你也可以通过电话或邮件的方式告诉节目的编导，表明你认为哪些人和节目的议题相关，希望电视台进行采访。在你认为必要的时候，请电视台帮助你参与媒介报道，让他们相信你是一个诚实的记者。如果你的同学和朋友有一些很好的节目建议却羞于和节目创作者直接联系，请你鼓励他们走出这一步，并告诉他们：每个人都有获得平等参与的权利。

更多的参与机会就在你的身边。一方面，你可继续关注电视台的举措，因为很多节目有专门的热线邀请你参与，表达你自己的看法；另一方面，你有没有想过和同学一起创办一个小小的记者站，汇集同学们的看法，并反映给有关部门呢？还有，校园电视台、广播站和校报也是你锻炼自己、表达自己的好地方。如果你真的对少年儿童媒介感兴趣，觉得目前还存在一定的问题，但究竟是什么问题又比较模糊。那么，建议你尝试做一个社会调查，走访各种少儿节目的创作者，了解他们的创作思路，分析他们的收视率，在你的调查报告完成的时候，相信你已经有了丰厚的收获。

想一想：

1. 你小时候模仿过演员和主持人的装扮和动作吗？为什么？

2.你印象中的暴力镜头有哪些？

3.列出你看过的少儿节目。

4.上述节目中，哪些是你喜欢的，哪些是你不喜欢的，为什么？

5.你的老师和父母对上述节目的看法如何？

6.在你的同学、朋友中做一次现有少儿节目的问卷调查，根据调查结果得出自己的结论。

你能做电视
的主人吗？

仔细统计一下你每天看电视的时间，你会有一个惊人的发现：原来总是嫌看电视的时间太短，可是统计下来，一天之中坐在电视机前的时间居然这么长，远远超过在学校的时间，更远远多于你与父母、亲人、老师、同学、朋友等相处的时间！如果你不满意这种状况，那么，请你从整理"时间安排表"开始吧，一方面，合理安排收视时间，另一方面，相信你对电视营造出来的世界已经有了清晰而全面的认识，能够分辨电视信息的真和假、美和丑、善和恶。如果你还能够对电视节目施加影响，促进电视和社会的良性互动，那么恭喜你，你已经成了电视真正的主人！

你有没有想过，在电视上发出自己的声音，把电视变成你喜欢的样子？

记得我们在本书开头的时候曾经提出过这样一个问题：你会看电视吗？现在，我们已经一起了解了电视节目的生产过程，也看到了貌似真实自然的镜头后面，其实有很多人为的控制和介入，而且，知道了电视里还隐藏着各种各样的价值观。但是，你是不是真的学会了"看"电视，还是要回到电视机前去接受一下检验：在你和以往一样收看节目的时候，感觉和以前有什么不一样吗？你认为自己成为电视的主人了吗？

要做电视的主人，首先要有勇气质疑电视，要有自己的判断和思考；还要有激情，主动参与电视的实践。当然，最基本的一点是：当你坐在电视机前的时候，要注意保持身心的健康。

质 疑 电 视

前面我们已经用了相当长的一段时间穿过电视的迷墙，力求不被电视欺骗、不为电视所左右。因为，电视构建起来的世界，毕竟不是客观世界本身，任何节目都不可避免地要经过创作者的取舍和判断，而且，电视媒体本身也具有一定的局限性，这些都是正常的，"纯客观"是不存在的。此外，还有一些不正常的因素，也在影响着电视的"客观"，尤其是在新闻节目中，更要提防"假新闻"的出现。

大部分"假新闻"的出台，都是因为想追求轰动效应，乃至无中生有。下面我们先来看看最近几年出现的几则著名"假新闻"。

一、英国潜艇发射导弹

2003 年 3 月 31 日至 4 月 2 日，英国天空电视台人为地制造了一条假新闻。这条假新闻号称报道了英国"卓越"号核动力潜艇在战斗中准备并发射一枚巡航导弹的过程。然而实际情况是，这艘潜艇当时并不在战斗状态，而只是停靠在码头。电视台摄制组知道这艘潜艇当时所在的实际位置，但没有揭穿。假新闻最后还播放了潜艇从水底发射导弹的图像，实际上，电视台使用的是其他导弹发射的旧图片。在天空电视台摄制该片的过程中，这艘潜艇根本没有发射导弹。

二、拉登在巴基斯坦被捕

抓捕国际恐怖主义的头号"大腕"本·拉登的行动在反恐战争中具有非同一般的意义。因此，伊朗国家电视台 2004 年 2 月 28 日爆出拉登已经在巴基斯坦被捕的消息，在世界各地产生巨大反响。几个小时后，已经被记者们折腾得疲惫不堪的巴基斯坦和美国有关方面，终于发布官方声明："拉登被捕"是一条毫无根据的消息。

三、"梅花 K"易卜拉辛被捕

伊拉克战争已经结束一年多了，美军"通缉牌"上仍然在逃的人已经是寥寥无几。在萨达姆被美军抓获后，通缉令上的前五位不是死了就是被抓了，因此第六号人物

易卜拉欣的下落就成了焦点。伊拉克国防部 2004 年 9 月
5 日在电视上透露说，易卜拉欣当天在提克里特市已经
被伊拉克国民警卫队抓获。但之后伊国防部长出面反复
强调，易卜拉欣被捕一事纯属"毫无根据的报道"。而美军
发言人称对伊拉克国民卫队的行动毫不知情，美军也没
有扣押易卜拉欣。看来要抓住这张"梅花 K"还要费一番
周折。

四、美国青年伪造武装分子斩首人质录像

2004 年 8 月 7 日，一段据称是"基地"老三扎卡维领
导的武装组织公布的录像向人们播放。录像中一名"美国
人质"呼吁美军尽快从伊拉克撤退。随后，一个好似武装
分子的人砍下了他的首级。但录像播出仅一个小时后，一
名来自旧金山的电脑专家本杰明·范德福德声称，这段录
像是他伪造的，录像中的血也是假的。而他伪造录像，只
是为了试验类似内容的传播速度。

五、博帕尔受害者获赔 120 亿美元

1984 年 12 月 3 日，印度博帕尔发生了人类历史上
最严重的化学毒气泄漏事件，死伤者数以十万计。应该对
此负责的美国联合碳化公司仅向受害人支付了一笔很少
的赔偿金，并在几年后被陶氏化学公司兼并，将责任撇得
一干二净。2004 年 12 月 3 日，在博帕尔事件 20 周年纪
念日，英国广播公司(BBC)在电视上播出了一条令该事
件受害者及其家属激动不已的独家新闻：陶氏化学公司
将向所有受害者提供总额为 120 亿美元的赔偿。

但就在一个小时之后，陶氏公司的反应给所有人泼了一桶冷水——这是一条假新闻。制作这条假新闻的是两个网名为"迈克"和"安迪"的"反大公司主义者"。两人在事情暴露后早已不知所踪，只剩下向陶氏公司道歉的BBC和那些20年来求助无门的受害者们。

　　这些假新闻混杂在真实的信息中，乍一看很难分辨出来。因此，当你看到一些较为"出格"的消息时，你可要比平时更仔细些：第一，是不是有"当事人"的出场。比如，如果拉登和易卜拉辛真的被捕，对于这么一条大新闻，二人在狱中的影像肯定会出现在电视里。第二，新闻是从哪儿来的。就拿"美国人质"这则报道来说，屏幕上只有一则录像资料，电视台没有派驻记者，引用非常随意，真实性显然也是不能保证的。第三，采访是否完整，相关重要人士是否出镜。以天空电视台和BBC为例，在"英国潜艇发射导弹"的报道中，记者是否采访了导弹的设计者和发射者呢？在"陶氏公司向所有受害者补偿"的报道中，记者是否采访了陶氏公司的有关人员呢？如果没有，你就要想想这条消息是否可靠。

　　现在，由于电视的传播速度受到了包括网络在内的新媒体的挑战，因此，为了在和其他媒体的竞争中取胜，一些节目在收到信息之后，不做任何的核实，就急匆匆地把消息传播出去。当人们正在惊愕或被震撼的时候，往往接下来看到的就是辟谣或更正声明。当然，在其他诸如谈话、娱乐、综艺和广告等节目类型中，蓄意作假也时有发生，但这些节目作假无论是从社会影响还是从造成的损失来看，都没有假新闻那么大。这些节目中隐含的不真实因素,我们在前面已经进行了探讨。面对电视里令人眼花缭乱的信息,作为电视真正的主人,你在心智上应该已经足够强大,根据你自己的经验和智慧,发现其中的纰漏——即使那些信息是真实的。你会有足够的信心和能力,说:嗯,如果是我来做的话,我会采访另外一些人,这样会使节目更可信。

实践电视

这个问题我们实际上已经在不同的阶段反复讨论过。现在,在我们的讨论即将告一段落的时候,就请你把我们散落在各篇的讨论成果做一个简短的总结吧。

对电视的实践实际上有两方面内容。一方面是参与电视。作为一个公民,你拥有知晓信息、传布消息、参与时政的权利,以及积极接近与使用媒体的社会权利。因此,你可以积极地参与到电视台举办的各种你认为有意义的活动中去,行使你的公民权利,主动地在电视上表达你对某个事件或者某个社会问题的看法,促进问题的解决。

电视实践的另一方面则是使用电视。当你对电视节目有什么意见或建议的时候,或者真的认为"这样做节目会更好"的时候,你可以给电视台打电话,告诉他们你的想法,和节目的创作人员进行平等的交流和对话,影响并督促他们意识到并主动改善不真实的内容（他们有的时候真的是无意识的）,尽可能地避免在节目中流露出他们自己的性别偏见和价值判断。这样一来,你实际上就帮助电视减少了不真实、不自然的因素,留下了有创意的、良性的信息,让电视在社会中的作用更加积极,从而提高整个社会的文化水平和文明程度。

到这里,你会发现,你的电视实践,目的是为了促进社会的和谐与发展。因为电视作为一种大众传播媒介,也承担着一定的社会功能:它是人们表达观点并进行舆论监督的渠道;它推动着人类文明成果在全世界范围内的传播和共享;它为人们提供娱乐、让人在紧张的工作中获得休息和放松,有助于调整人与人之间的矛盾;人们通过电视认识世界——尽管电视里的世界和客观世界有很大的距离;它的商业运营方式还为社会创造了一定的财富。它的积极作用和它的消极影响一样,都是一种客观的存在。我们之所以要揭示它,是为了更好地了解它;我们之所以要了解它,是为了更好地使用它;我们之所以要使用它,是为了创造一个更好的生活环境,让我们身处的这个社会,能够和谐地存在、积极地发展。

健 康 电 视

在整个探讨过程中,本篇一直在向你提出问题,然后和你一起去寻找答案。现在,轮到"电视编"的最后一个问题了:你的收视习惯健康吗?

很多人喜欢在家里看电视。你舒舒服服地陷在沙发里,面前的节目一个接一个,几个小时不知不觉就过去了,期间你没有起来走动一分钟,成为名副其实的"沙发里的土豆"。事实上,很多家庭里都有一两个这样的"土豆"。美国的调查研究发现,每个家庭平均每天开机时间是 7 小时。

"土豆"当久了,各种健康问题就不请自来。你有没有过这样的经历?头天晚上看球赛到深夜,第二天勉强起床,无精打采。尤其是放假的时候,第一天起晚了,第二天又看到深夜,整个作息时间完全混乱,到开学好几周后才调整过来。而且,看电视的时候嘴也不闲着,茶几上的零食一大堆,都是高脂肪、高糖分的,几天看下来,体重也增加了好几斤。有些家庭经常在晚餐时同时收看电视,"电视配饭",这无形中把家人交流的时间慷慨地让给了电视。

德国的一项研究发现,经常看电视,不但妨碍智力发展,味觉及嗅觉也受到影响,成长期更容易因缺少运动及经常吃大量零食,患肥胖及相关疾病而引发高血压、高胆固醇及糖尿病等慢性疾病。在德国,每年便有两万人因"电视病"死亡①。美国华盛顿大学的研究人员曾就电视对健康的影响问题对 1797 名儿童进行了跟踪观察,结果发现,那些在三岁之前就看电视的儿童,其六七岁时的阅读和数学能力比那些不看电视的儿童要差。一个可能的原因是电视机内发出的视听讯号频度太高,会损害儿童正在发育的大脑②。

鉴于电视带来的健康威胁,美国芝加哥"白点"组织(White Dot)和其他一些团体在 1995 年发起了"反电视运动"。他们把每年 4 月的最后一周定为"关闭电视周",

---

① 资料来源:法制晚报网络版,http://fzwb.ynet.com
② 资料来源:华盛顿邮报网络版,http://www.washingtonpost.com

呼吁美国人在这一周不看或少看电视，形成一个不受电视影响的社会环境，彻底摆脱电视的轰炸与蛊惑。这一倡议得到了美国医学会、心脏学会、教师联合会等组织的支持。

反电视团体组织认为，人们的大部分休闲时间都盯着电视，挤占了阅读、运动、与亲友交流的时间，这是非常荒谬而且危险的，尤其是对孩子来说，过多地沉湎于电视不仅夺走了他们宝贵的学习时间，而且会对他们的健康心理、思维能力、想象能力、阅读习惯的发展带来不利影响。

在2005的"关闭电视周"活动中，美国的一位发明家研制出了一种新式的通用遥控器，这种遥控器只有两个功能：激活和关闭电视。这个装置可以在17秒内就关闭周围7米内的所有电视机。"关闭电视网"（TV-Turnoff Network）组织的主管认为，参与"2005年关闭电视周"给孩子和成人提供了一个与荧屏争夺时间的好办法，这将成为一个带来深远变化的起点——更有选择性地看电视，为电视以外的活动留出时间。在美国马萨诸塞州的罗克兰县的一家幼儿园，一群3~5岁的孩子就将以他们的方式度过这"远离电视"的一周：看书，玩玩具、游泳、做游戏、画画，或者到朋友家去玩。一位母亲也表示，她和丈夫要以身作则，尽量忘了电视。

反电视运动发展10年来，在美国和世界产生了越来越广泛的影响。1997年，约400万美国人参与了为期一周的活动。2004年，人数上升到了760万。而2005年该活动的影响力已经从美国辐射到了世界其他国家，英国、加拿大、丹麦、澳大利亚、新西兰、巴西、日本、意大利、墨西哥和中国台湾地区等 10 个国家和地区都于 4 月 25 日开展了"关闭电视周"的宣传,形成了小规模的世界性群众运动。

当然,在这一周以外的时间里,电视依然没有关闭。但这并不意味着就要沉溺其中。为了保护你的视力、保证身体的正常发育和生长,请你注意,连续收看电视不要超过 1 小时,在中间插播广告时,记得站起来伸伸胳膊踢踢腿。而且,不要把电视摆在你的卧室里。原因很简单,如果你有一台自己的电视机,那么看电视的时间会增加很多,比如躺在床上或者学习得特别枯燥的时候,你就会不由自主地拿起遥控器。如果真的有你特别喜欢的节目,请注意节目的收视时间,在节目播出之时再打开电视,看完立刻关掉。不要随意打开遥控器漫无目的地寻找可以看的节目,更不要依照节目时间来安排生活作息,让电视主宰你的生活。记住,你才是电视的主人。

看电视是家庭中最常从事的休闲活动之一。当你和家人一起看电视时,你们并不是孤立的个体,而应通过彼此的交流互动、谈话聊天来分享你们的心得和看法。对于相同的电视节目,每一个人的解读都是不一样的,听听你的爸爸和妈妈的看法,看看他们之间、他们和你分别有什么不同。每天,在一段相对固定的时间里,一家人一边看电视一边聊天,旁边是一壶袅袅飘香的清茶,怎么样?你感觉到幸福的脚步临近了吗?

想一想：

1.你了解的"假新闻"有哪些？"假"在什么地方？

2.仔细分析一则报道，指出其中的优点和不足。

3.在你心目中，电视的主要功能是什么？

4.对于社会的稳定和发展，电视有哪些积极和消极的影响？

5.如果一周不看电视，在这段时间里，你会干什么？

6.找一个大家都感兴趣的节目，和父母、朋友、同学一起收看，一起谈谈对节目的看法，交流彼此的心得。

电影编

电影是怎么
拍出来的？

世界上到底是先有电视，还是先有电影呢？在你找到答案之前，可以先告诉你：第一部电影诞生于 1895 年 12 月 28 日，内容是一列火车从银幕上呼啸而来，是由美国的卢米埃尔兄弟制作的，当时吓坏了不少人呢。从此一直到 20 世纪中叶，一股看电影的热潮迅速在全球蔓延开来。虽然后来电视的普及一度将电影打入冷宫。但无论如何，电影还是经受住了电视带来的巨大冲击，以其顽强的生命力不仅生存了下来，而且日益走向繁荣。那么，它的生命力到底来自哪儿？在多大程度上改变了我们的生活？这一编将为你揭开银幕后面的世界。你会逐渐发现，在这个世界里,电影真正的主人不是那些明星、导演、编剧,而是,你自己。

还记得第一次去电影院的感觉吗?大大的放映厅里,灯灭下去,银幕亮起来,眼前徐徐展开一连串惊险生动的故事,耳畔不住回荡着富有冲击力的音乐和声响。在这里,你绝不可能像在家里看电视那样"三心二意",而是把全部注意力都集中在前方那张巨大的银幕上:哈里·波特张开双臂向你飞来,南极的冰川朝你倒下,星球大战的硝烟更是弥漫了整个影院⋯⋯这个彩幻的世界是你抵挡不住的诱惑吧!在某个瞬间,你是否也曾有一闪念:电影是怎样拍出来的呢?我将来能否自己拍出一部电影呢?

和电视不同,拍电影涉及的人更多,分工更细,工作更复杂。而且,更重要的是,如果说电视节目(尤其是电视新闻)是直接取材于现实生活的话,那么,电影里的场面,不管它如何逼真,都只能是完全脱离现实的"人造真实"。如果你不信,我们现在就来"拍"一部电影吧。

电影剧本:"编"出来的故事

电视和电影都在"讲故事":电视的故事是在现实中截取的,电视编导有选择地拍下那些容易引起观众共鸣的生活片段并进行加工,故事是在真实的生活中"找"出来的；而电影的故事从头到尾都发生在摄影棚或外景地中，整个儿都是电影编剧"编"出来的。

记得本书"电视编""你相信眼见为实吗？"一文里那个火灾新闻的例子吗，如果要把它拍成一部电影，首先就要编出一个故事梗概，比如：

一所名牌大学理科院系耗巨资建起一幢防震实验楼，在装修完成之前，已将全部精密仪器提前搬入楼内。在竣工的最后一晚，装修工人们在楼内聊天，收工时，工人甲粗心地将烟头扔到地上，结果，引起火灾。火灾最早由校内一女孩发现，随即报案。大火将所有仪器毁于一旦。工人甲惧于责任，不敢投案。工人乙由于头天最后离开，被视为犯罪嫌疑人拘捕。工人甲不忍看同伴为其承担责任，经重重思想斗争，终于向警方自首。

写下了故事梗概，就已经为这个简单的事件加上诸如"不敢投案——良心发现——终于自首"这样的戏剧情节。然而，你的想象还远远没有完成，你需要使梗概轮廓逐步丰满，让故事一场一场地展开，并详细规定每一场的情节和内容：包括是内景还是外景、给什么样的镜头、镜头里出现谁、有什么样的音响与之相配合、需要达到什么效果，等等。在影片的开头，你想表现失火前那所大学的美丽与宁静，那么，最终你剧本的第一场可能是这样的：

第一场：外景

镜号	画　面	效　果	景别	音乐音响
1	树梢上，一轮初升的朝阳	晨曦效果，清新自然	全	音响：鸟鸣
2	校园里、树阴下蹦跳的鸟雀		中	音响：鸟鸣（渐强）
3	沐在晨曦中的实验楼上有金字校牌，阳光在字的边缘处闪烁	从左至右缓缓摇过，阳光闪烁特效	近	音乐淡入。清脆单音，与闪烁频率保持一致
4	嵌入门里的大校徽。一个圆形的光晕在校徽上从右至左缓缓移动，最后停在中间图案上	光晕特效	特	
5	校园的长椅上，一个女孩在给一只洁白的鸽子梳理羽毛，阳光在树影间闪烁	镜头由远拉近	中	音乐略强，有复合音效
6	手和鸽子。手松开，鸽子飞走		特	音响：鸽子振翅声
7	女孩仰头看鸽子飞走。晨曦为女孩勾出淡淡的轮廓	人物侧逆光，轮廓效果	近—中	

　　编剧本是整个电影拍摄制作过程中的第一步。在迈出这一步的时候，相信你已经明确地感觉到：电影从创作伊始就糅入了大量的虚构成分。原因很简单：电影是一种艺术，它用种种惊险、刺激、冲突等情感的冲击来调节人们平淡无奇的生活，正是这种"不真实"的因素才能吸引更多的观众。这就好比你每天重复着"上学——回家——上学——回家"的路线，好容易出门看一场电影，看到的还是"上学——回家——上学——回家"的重复情节，恐怕就要在电影院里睡着了吧。

演员和场地:"演"出来的故事

在电视里,你看见记者采访到了那个不小心纵火的民工。在绝大多数情况下,"他"的确是一位"真的民工"。但是,你在电影里看到的那个"不小心纵火的民工","他"一般都不是"真的民工",而是一名专职的电影演员,他在其他的片子里,可以"摇身一变"成为教师、市长或者商人。

这位"民工"可能在摄影机镜头打开的半小时前还西装革履,留着最时髦的"爆炸头";10分钟前才刚刚换好工作服和安全帽,在化妆师的帮助下把发型变成了小平头;3分钟前他还在和摄像师侃今天的股市和房价;1分钟前他再次看了看剧本,最后默背一下台词;等到导演一声"开始",他才蹲在大厦一角,和其他一些也是刚刚"成为"民工的同事,按剧本的要求,大嗓门地聊起天来。

如果他的动作和表情稍微僵硬了一些,不那么像一个民工;或者由于化妆师的疏忽,让他的前额上还翘着几根硬邦邦的"爆炸头"残余,那么,导演就会不留情面地喊:"停。"然后告诉他,这个民工是某地人,因此通常会把剩余的一根烟夹在耳朵上,而不是像他那样拿在手中;化妆师也会抓紧导演说戏的这点时间,帮他处理好脸上和头上的妆容。一个镜头,通常要反复好几遍才能成功。

如果遇上流泪的镜头,事情可能会更复杂些。有经验的演员能够调动自己的情绪,在导演的启发下回忆伤心事,从而促使泪水较为自然地产生。但一些新手往往做不到这一点,尤其是群众演员,在现场的"催泪法"中,最简便的就是眼药水。所以,如果你看到屏幕上的民工甲有感于民工乙为自己承担责任而热泪滚滚时,他的热泪很有可能是眼药水的功效。

在电影中,不仅"人"通常都不是真正的当事人,而且"地"一般也不是事件发生的地点,而是导演和整个创作班子通过考虑选定的比较适合拍摄的地点。也就是说,真实的火灾发生在 A 大学的实验楼,但电影里那幢楼可能是 B 大学的教学楼,而且拍完之后还好好地立在那里,根本就没有"受伤"。如果你碰巧到 B 大学去,还能看见这座一度被火"烧"过的建筑。同样,你在影片中看到的倾盆大雨,也不是真的下雨了,而是雇来的洒水车浇下的水。

相对于电视来说,电影不是在记录真实,而是在模仿、再现和创造。导演不会要求真正的肇事民工进入镜头,他只需要一位"像民工"的演员。而且,电影有着非常严格的成本核算,这就决定了它不可能真正去烧毁一座大楼,而是"把它拍得和发生火灾一样"。同样,对于怎么"拍",也是由人严格控制的。

镜头和调度:"拍"出来的故事

在本书电视编"新闻都是真的吗"中,我们曾经看过电视拍摄的基本角度:仰角、平角和俯角,这些技巧都是从电影中"借"来的。在电影中,什么时候用什么角度的镜头,包括演员在镜头里占据画面中多大的比例,都蕴含着不一样的意义,事先要经过精心地设计。在下面的表格里,你可以找到不同镜头的不同含义。

镜头	解释	意义
特写	脸部	亲密、强调
近景	带肩头部	强调表情
中景	大半身	个人关系
远景	背景与演员	环境、范围距离
全景	整个人体	社会关系
仰拍	摄像机从下往上拍	权力、威严
俯拍	摄像机从上往下拍	渺小、微弱
溶入	摄像机镜头移近	注意、集中
淡入	影像渐渐显于屏幕	开始
淡出	影像渐渐消失于屏幕	结束
切镜头	从影像跳接到另一个影像	即时、兴奋
拭消	影像拭消于屏幕	强行终止

在电视中,最引人注意的通常是在画面里体积最大、占据画面最多的人和物,但在电影中可不一定。导演不仅要决定用什么镜头拍,而且镜头里出现什么、不出现什么、强调什么、淡化什么,都是由导演来安排的,这项工作有一个专门的名称叫做"场面调度",包括服装、道具、色调乃至演员在画面中的走动(专业术语叫做"走位"),都是导演有意引导观众注意某人某物,从而完成叙事、表达思想的手段。

如果你是"火灾"电影的导演,并且想让观众在一群民工中注意到那位肇事者,有很多种方法可以选择:

第一种:也是最传统的一种,给肇事民工一个特写,让他的脸充满整个银幕，让观众清晰地看到他脸上的痘痘和皮肤的毛孔，从而记住他的样子。

第二种：他和其他民工站在一起的时候，镜头从远处渐渐推近，从人群到几个人，最后只剩下他一个。这样一来，给观众的感觉是：自己在慢慢地走近他，所以印象深刻。

第三种：工地上有许多民工，他们的衣服都是黑、灰、白等较为黯淡的颜色，而肇事者穿着一件红色的T恤，虽然很旧，但在镜头里非常抢眼。

第四种：所有民工都在低处忙碌，从画面上看，他们的身体处于同一水平线上。而只有那个肇事者，让他站在比别的民工更高一些的地方劳作，这是通过画面内的位置来强调他。

第五种：工余休息时，民工们都在一起说说笑笑，只有那个肇事者在一旁抽烟——通过这种处理，你不仅成功地让观众注意到他，而且预示了未来他引起火灾的情节。

其实，诸如此类的方法还有很多，比如让所有民工面对镜头而只有肇事者背对镜头，由此引起观众的好奇；让所有民工都坐着而肇事者站着，突出他的位置；让所有民工都在有序工作而肇事者匆匆忙忙地从外闯入，等等。在拍摄过程中，这些手法可能单一出现，也可能综合运用。

看电影时，你可能一开始就密切注视着主人公，眼光紧紧追随着他，为他揪着心，含着泪。如果你身边的每一位观众都像你这样，牢牢地被银幕上的人和物吸引住了。那么，对于这部电影的导演来说，他对镜头和场面的调度就是成功的。不过,在关注电影里人物命运的同时,你也不妨想一想:你为什么会注意到这个人而不是那个人?这部电影运用的调度手法里,有哪些是上面提到的,还有哪些是我们没有谈到的"新招"?

系列的镜头:"剪"出来的故事

从摄像机启动拍摄到关机为止,拍摄的这一段内容称为一个镜头。一个镜头的时间可长可短,但最终都要通过剪辑与其他镜头连接起来。我们通常所说的"一场戏"是指发生在同一地点和时间的一段完整的表演。它可以是一个连续的镜头,但更多的情况下,是由一系列的镜头"剪"在一起而成的。

如果你要拍工人甲和工人乙在一起,一边吃饭一边聊天,很显然,只架一个摄像机拍他俩吃饭的全景是不够的。观众不仅想要看到他们"吃饭"和"聊天"的动作本身,还想知道他们聊天时的表情,想看到他们之间的细节动作,只有这样,才能感染观众。因此,一个镜头显然不够用。为了向观众提供更多的内容,你得多拍几个镜头才行。事实上,在拍摄现场,同一场戏,演员往往要面对好几个摄像机:一个摄像机远远关注着他们吃饭的环境,另一个从近处拍摄他们两人,再有一个关注现场的细节,比如民工甲藏起的两个馒头,还有两个分别对准他俩,记录吃饭、说话、反应时的态度和表情。

在剪辑室里,你得把这些镜头按照已经写好的分镜头剧本,有选择地"组装"在一起,向观众"讲完"一场戏:

民工甲和民工乙在一个小餐馆里吃饭、桌上的菜肴、民工甲说话的表情、民工乙倾听的神态。这些镜头在他们"各自"的摄像机里，可能都有好几分钟之长，但是，考虑到故事的紧凑和观众的耐心，你每个只剪取了几秒、十几秒，现在，他们加在一块儿不过一分钟。

你现在明白了一场戏是怎么"剪"出来的吗？当然，这只是最简单的"剪"法。实际上，"剪"故事是电影的一门大学问。在本书第一编的"新闻都是真的吗"里，我们已经初步了解到，就算是镜头拍得一模一样，经过不同的剪辑，表达出来的意思甚至可能截然相反，这种手法被电影运用到了极致，并且有个貌似古怪的法语音译名："蒙太奇"。我们将在下一篇介绍真实电影的时候，揭开它的面纱。

特技、音响、音乐和色调：
"做"出来的故事

在电视诞生之始，曾有人预言它将取代电影的存在。但几十年过去了，电影不仅没有凋零消亡，反而走向繁荣强大，原因之一，恐怕就是它有别于电视的"迷幻色彩"。

现代科技让电影在"非真实"的道路上越走越远。在银幕上，你看见冰山塌了、大船沉了、大火烧毁了一幢楼，甚至英雄宝剑上的一滴水都可以瞬间穿石，这些画面是那么震撼人心，几乎让你相信那就是真的。但实际上，它们都是"做"出来的。

现在，让我们走进一家后期制作工作室，在这里，一排排的电脑前，后期制作者们正在紧张工作着。电脑屏幕

上是火灾电影里那幢"防震实验楼"，在你拍回来的镜头中，它好好地立在那里，什么事也没有。制作人员把楼的影像放大，用鼠标在几个窗口轻轻一点，火苗就从那里冒了出来。经过精确的计算和反复的修改，呈现在你面前的画面就变成了：一幢高大雄伟的建筑在熊熊燃烧。

等一下，你发现虽然屏幕上有了熊熊火光，可并没有你想象中的现场噪声，比如房屋坍塌的轰隆、木材烧裂的劈啪、人群张皇的呼救……别着急，负责音乐合成的工作人员从材料库里找出"火灾"的文件夹，把里面早已录好的声音配到画面上，再根据火势的大小进行相应的调整。你听，是不是和真的起火一模一样呢?!

你还可以用音乐来衬托人物的情绪。优秀的电影一般都有各自的主题曲，它们和电影一起广为流传，有些甚至比电影还要受人欢迎，比如《神话》中韩两个版本的音乐就已经成为手机铃声的热门下载。一般来说，主题曲会根据人物的心情和剧情的发展适当调整，如低音提琴阴郁的声音常伴随一个反面角色出场，铿锵的铜管乐用来代表不屈不挠的英雄，柔美的小提琴则常常衬托女性角色的性格。

在前期拍摄、中期制作乃至后期胶片的洗印过程中，你还可以为你的电影"上色"。电影导演常常使用色彩来渲染情绪。有意思的是，某种色彩已经成为一些导演的风格标志，比如日本导演岩井俊二的《情书》和《四月物语》，都用白色来表达柔和而温暖的少年恋情；而美国的Robert Altman 则用梦幻般的金黄来抒写西部的迷彩风情。按照惯例，白色通常象征着和平、宁静、纯洁、空灵，红色代表生命、炽热、忠诚、残酷,黑色代表庄重、严肃、冷漠、死亡,绿色象征生机、活力、青春、希望,等等。而且,当情节发展到紧张激烈处时,画面就会变得明亮起来,观众的心就会随着剧情的发展而变得紧张起来;而如果当情节进入迟滞状态的时候,画面也会随之黯淡。

如果你留恋于《情书》中柔美的白色窗帘而去日本寻访那间教室,那么你多半会看到,它和你平常上课的教室没什么两样;如果你憧憬美国西部的壮丽灿烂,到了那里,你面前只有一望无际的荒野……电影是一个造梦的工厂,它为大众制造了一个又一个典雅的、随意的、优美的、平凡的、陌生的、亲切的、热闹的、沉静的、刻板的、诙谐的梦幻世界,而你,在享受梦幻的同时,也要看清梦幻背后的现实,培养自己诠释梦幻、主宰梦幻的能力。

现在我们已经通览了电影拍摄的基本流程,也知道电影是一个人为加工的产物。电影拍摄人员将他们对历史和现实生活的感触、对电影艺术的体悟和理解,以及他们对人生、对社会的兴趣和演义都浓缩于、体现于他们所拍摄的电影作品中,借此来表达他们对历史或现实生活的关怀,同时,也借此传播他们的思想情感,甚或某一社会阶层的集体意识,从而最终实现他们的个人社会价值和意义,影响更多观众观感、思想乃至整个社会的风气。但是,我们必须意识到:电影的影响,包括其娱乐方面的、思想意识方面的、广告宣传方面的,等等,并不都是正确的,也并不都是适合我们自己的。我们要以一种能明察秋毫的态度,时时刻刻地监管我们对电影产品的享受和娱乐。同时,将我们在看电影过程中的感受、体会、意见以某种可实现的方式表达出来，共同争鸣讨论，以促进电影事业的繁荣和人们理性对待电影产品的良好行为习惯的养成。

想一想：

　　1.你多长时间看一次电影？

　　2.你平时喜欢看什么类型的电影？为什么？

　　3.挑一部你喜欢的电影,分析里面的拍摄手段和制作手法,尝试着写出大致的分镜头剧本。

　　4.你曾为某个精彩绝伦或神奇如画的电影镜头痴迷吗？能否举出一二？

　　5.你生活的哪些方面明显受到了电影剧情或电影宣传的影响？你印象最深或对你影响最深的电影有哪些？

"蒙太奇"的
故事 二

如果你想要真正了解电影的本质,那么请你先来了解一个关键词——蒙太奇(Montage Editing)。它源于法国,最早是建筑学的术语,后来被电影工作者移植过来,形成了"蒙太奇手法",指的是把诸多单个镜头连接在一起,从而创造出一种新的意义。最早注意这种手法的人是格里菲斯,他因此被称为"现代电影之父"。后来,苏联电影创作者们发展了"蒙太奇",再后来,历代导演都离不开"蒙太奇"了——你看过的每一部电影,都无数次地运用了"蒙太奇"。我们这一篇,说的就是"蒙太奇"的故事。

一个周末的下午，你悠闲地走进影院。电影刚刚开始，银幕上，一个女孩对你默然微笑，随后是一群在地震中死亡的孩子，一种深切的怜悯感紧紧地抓住了你。你决定把它看下去。到了影片的最后，依然是那个女孩在默然微笑，但随后是一片开满鲜花的原野，这时，你不再有任何怜悯，而是充满了释然和希望。在走出电影院的时候，你的心里可能就多了一个问号：为什么同一个女孩的微笑，后面加上不同的镜头，给我的感觉就完全不一样呢？

我们前面已经"跟踪"过电影拍摄的全过程，知道电影导演会把不同的画面组接在一起，来叙述故事、表达思想。而实际上，这些画面之间可能本来没有什么关系——那个女孩可能来自城市，并且从来不知道有地震这回事，也没有见过开满鲜花的原野。她微笑只是缘于考了个好成绩——但是，导演把这些画面接起来，等于是在向观众暗示，它们之间存在着某种联系，引导观众发挥联想和想象，对这种本来不存在的关系产生认同和共鸣。这种剪辑手法就是"蒙太奇"。

"蒙太奇"：1+1>2

你平时看到的电影，每部都包含了 500~1000 个左右的镜头。这些镜头来自不同的地方，拍的是不同的人，导演把它们连接起来，让它们来讲述同一个故事。一部电影好比是一张导演精心织成的严密的大网；镜头是分布各处、形成并支撑着这张大网的连接点；而"蒙太奇"，则是点与点之间的连接线，一个点是和左边的"邻居"相接还是和右边的"街坊"相连，它们之间该连多长的"线"，都将直接影响到整个网络的形状。在这样的网络中，每一个原本散落的点都将在一个整体中获得新角色。比如，它可能和其他的两个点相连，构成一个等边三角形，也有可能和另外三个点撑起一个正方形。因此，一个镜头和另一个镜头的相加，不是简单的 1+1=2，而是在相加之后产生了新的意义，从而使 1+1>2。

现在你从这张网里随便抽出 A、B、C 三个点来，它们分别记录了"一个人在笑"、"同一个人在哭"和"一把手枪"这样极其简单的信息。然而，如果你想揭示人性的懦弱，那么请把它们按照 A—C—B 的次序编网，成为"他在笑"——"一把手枪对着他"——"他哭了"，传递出来的信息就变成"一个人面对枪口害怕地流下了眼泪"，可能让观众觉得他是个懦夫、胆小鬼。而假如你希望弘扬视死如归的精神，只要你打乱次序重新编网：B—C—A，也即"他流泪了"——"一把手枪对着他"——"他微笑了"，叙述的故事则是"这个人因为惊惧而流泪，因为有一把手枪指着他。可是，当他考虑了一下，觉得没有什么了不起，于是，他在死神面前露出了胜利的微笑"，他给观众的印象也变成了一个勇敢的人。

当然，你还可以从这张网中再抽一个镜头 D——一棵郁郁葱葱的树。你可以把 D 织在 C 的前面，"绿树+枪支"，两相对比，突出生命在受到威胁；也可以把 D 织到 A 的后面，B—C—A—D，在"他微笑"后面加上"绿树"，让人感觉到生命的坚韧和精神的生长。

好了，你已经学会了"蒙太奇"这一招。虽然你只试着组装了几个镜头、一小段情节，但其实整部影片也不过是如此：将一个个的镜头组成一个段，再把一个个的小段组成一大段，再把一个个的大段组织成为一部电影，整部片子就是由这些大段小段构成的，并没有什么神秘。至于你为什么以前丝毫没有觉察到"蒙太奇"的存在，那是因为电影创作者们事先就了解你和其他观众的心理，揣摩出了大部分观众的思维逻辑，知道什么样的镜头组接在一起容易激发观众的情绪，让你自然而然地跟着他们走。

当然，也有一些电影创作者不是很了解他们的观众，创作出来的影片无法引起观众的共鸣。而且，不同观众的联想力和审美观也不一样，会受到他们所生活地区的习俗和传统的影响，对于某些电影镜头的处理和组接方式不喜欢、感觉不舒服或者不能理解。有些导演的"蒙太奇"运用也和生活逻辑不符，或者过于生硬，这就是为什么一些电影票房价值始终不高的原因之一。

一部影片里有多少"蒙太奇"？

如果你喜欢较真，非要弄清楚一部电影里到底有多少"蒙太奇"，那么，答案恐怕是"从头到尾都是'蒙太奇'"。仔细看一部电影，你就有感觉了。

现在电影播映开始了。短短一分钟之内，几十个画面排山倒海地向你扑来，一个人物加一个人物，一个动作接一个动作，让你眼花缭乱。与此同时，你已经意识到了点儿什么，没错，这就是"蒙太奇"，而且是常见的一种，有人叫它"快速蒙太奇"。

顾名思义，"快速蒙太奇"的最大特点就是节奏快，震撼力强。美国有部老电影《新居》，开头不到10秒钟，50几个拿着斧头的凶手便接连在屏幕上蹦了出来，足以让人惊魂动魄。很多影片为了先声夺人，往往在一开头就打出这个"短平快"。

接下来，影片节奏趋于舒缓，两位主人公的命运在你眼前逐渐展开。他们在不同的地方，各自过着自己的生活。有两个画面特别让你感到温馨：清晨7点，主人公甲从他的公寓下楼，开始长跑；主人公乙在学校食堂吃早点，然后骑车去教学楼上课。此处，导演在向你展示生活温暖的同时，也让你看到了另一种蒙太奇："平行蒙太奇"。

在拥有一个以上主人公的电影中，你可以多次见到"平行蒙太奇"。这些主人公在一开始多半不会生活在一起，观众想要知道他们分别在干什么，"平行蒙太奇"就是把这些人在不同时空（或同时异地）的不同状态排成一列镜头，一个一个地演出来，在不同的人物之间形成对照。比如华人导演李安的《饮食男女》，就屡次把片中三姐妹的生活剪成连续的"平行蒙太奇"：大姐在公司接电话，二姐在学校教书，小妹在快餐店服务。一下子就让观众明白了三姐妹的职业和性格。李安获得金球奖的电影《断臂山》也常常把两位男主人公的生活剪接在一起。

电影《新居》中，主人公甲和乙就要碰面了。甲对现有的工作不满，积极留心招聘信息，开始联系一家新公司。乙大学毕业，也去应聘那家公司。在应聘的那天，甲在路上急匆匆地走着,乙也急急地蹬着自行车。而在那家公司,总经理正在开会,谈到"今年公司只想招一个人"。你的心不知不觉地悬了起来,他们到底哪一个能得到这份工作呢?

无论得到那份工作的是甲还是乙,导演都已经教给了你一种新的"蒙太奇":"交叉蒙太奇"。这种"蒙太奇"有意地将同一时间不同地点发生的许多事情较快地交替剪接在一起,一件事的发展往往影响到另外的几件事,它们之间相互依存,给你造成一定的悬念,让你跟着紧张起来,非要看到它们汇合之后的结果。惊险片、恐怖片和战争片常用此法造成追逐和惊险的场面,《星球大战》和《哈利·波特》里一波未平、一波又起的持续冲击也多半源自"交叉蒙太奇"的力量。

在你的紧张期待下,公司最终聘用乙来承担那份工作。当乙走出公司的时候,习惯性地看了一下手表。你猛然想起,在影片的前半部分,每当乙为求职四处奔波的时候,她都会下意识地看一眼这块已经陈旧的手表,反反复复,预示着她有些忙碌,也有些无奈的心境。其实,这块手表在向主人公提示时间的同时,也向你展示了什么是"重复蒙太奇"。

这种"蒙太奇"和你在语文课本里学到的"反复"修辞差不多,就是让一个或者几个具有一定寓意的镜头在关键时刻反复出现,表达人物的心情,渲染气氛。曾经风靡一时的周星驰的《功夫》就让一支五彩的棒棒糖反复出现,代表着女主人公单纯善良的内心世界,也是对纯洁心境的回归和召唤。

现在主人公乙回到了宿舍,镜头切入她宿舍楼下开得正热闹的一树桃花,抒情的音乐渐渐响起。从"人"一下子接到"桃花",这叫做"抒情蒙太奇"。

你仔细想想,如果把桃花的镜头去掉,是不是并不影响剧情的发展?事实上,"抒情蒙太奇"就是用来表现超越剧情之上的思想和情感的。它往往在一段叙事场面之后,在不影响故事的同时,恰当地切入象征情绪或情感的空镜头。这有点儿像语文修辞——隐喻。

曾经影响了整整一代人的苏联影片《乡村女教师》中,瓦尔瓦拉和马尔蒂诺夫相爱了,马尔蒂诺夫试探地问她是否永远等待他。她一往情深地答道:"永远!"紧接着画面中切入两个盛开的花枝的镜头。它本与剧情并无直接关系,但却恰当地抒发了作者与人物的情感。

影片《新居》继续,得到工作之后,主人公乙坐在宿舍里,开始回味找工作过程中遇到的种种艰辛。她以往遭人拒绝的画面接连地出现在屏幕上:她低落地走出招聘会、用人单位礼貌而客气地说"对不起,我们不需要";看见同学拿到聘用通知时,她悄悄走开……这一段让你想起作文课上的"心理描写",不错,电影也是有心理描写的,不过它把名称改成了"心理蒙太奇"。

这些组接起来的镜头并不连贯,它的节奏是跳跃的,但是你明白它们在说什么——因为你知道,人的心理活动本来就是不可捉摸、杂乱无序的。"心理蒙太奇"就是根据这一特点,把一些零星片段组合起来,形象生动地展示出人物的内心世界,比如梦境、回忆、闪念、幻觉、遐想和思索,等等。像陈凯歌导演的《无极》中,在影片末尾,女主人公倾城回忆起小时候被抢走了一个馒头,就运用了"心

理蒙太奇"。

《新居》:看过了主人公乙,现在该看主人公甲了。他已经辞去了原来的工作,却又没有得到新公司的职位,心情乱糟糟的。且慢,看,银幕上出现了一个什么镜头:一双手在乱拨竖琴的琴弦。你虽然明白这是导演要表达甲"心事全乱"的状态,但是这个画面插在这里多少有些生硬。无论如何,这也是一种"蒙太奇",而且是最危险的一种:"杂耍蒙太奇"。

"杂耍蒙太奇"里的两个或多个画面几乎没有任何联系，甚至你一看就知道不是在一个场合和地点拍摄的，只是导演为了表达某种抽象的思考，硬把某些与剧情完全不相干的镜头和故事剪接在一起。由于这样做很容易让人感觉生涩呆板，你在电影里恐怕很少能见到它。实际上，它的提出者，前苏联电影导演爱森斯坦也很少用它。只有当你心血来潮，突然想看看老电影的时候，可以在前苏联影片《十月》里看到那么一两回。例如，导演为表现孟什维克代表居心叵测的发言时，插入了弹竖琴的手的镜头，以说明其"老调重弹，迷惑听众"。在今天的大片中，"杂耍蒙太奇"已经很少使用。

　　现在，当你走出电影院，是不是又有了一些新的发现？一部电影从头到尾，充满了各种各样的剪辑技巧，电影创作者对画面进行了周密的安排，通过几个连续镜头的撞击，激发观众的情感，并借助这种情感，使观众对导演打算传输给他们的思想产生共鸣。这样，观众就不由自主地卷入到这个过程中，心甘情愿地去附和其中的思想和情绪。在电影散场时，你通过观众脸上的表情就可以判断：今天上映的是悲剧还是喜剧。因为观众已经完全被导演藉由影片传达出来的主观情绪给控制了，使他们处于一种或喜或悲、或乐或愁的状态。这种状态也许要持续好长一阵子，给观众的身心以某种无形的影响。

本质主观的"蒙太奇"

　　对于电影创作者来说，一个个拍好的镜头，就像一个个有待组装的零件、一块块放在盒子里的积木，用同样的零件，可以组装成自行车、汽车或者游艇；用同样的积木，可以搭大桥、搭城堡，也可以搭别墅。所有这些，都完全取决于他们的主观想法。甚至某一位导演搭"别墅"的砖瓦，到了另一位导演手中，就变成了"公寓楼"的材料，就像你小时候经常把一幢搭好的积木房子推倒重来那样。

在20世纪初期，前苏联国家刚刚建立的时候，新的政府需要大量的影片向人们进行宣传。但当时的电影胶片非常昂贵，而且一时间也不可能拍出那么多的现场资料。前苏联电影导演维托灵机一动，找出沙皇时代的旧电影，把那些胶片剪断，再把镜头一个个地重新组接起来，居然制作出了20多部符合新时代需要的片子。

同样地，德国电影导演莱芬斯坦拍出的《意志的胜利》，全片都是为德国法西斯纳粹叫好助威的，其实，影片里有相当一部分镜头来自法西斯的对手——苏联红军的战争纪录。

如果没有版权的问题，任何一部电影里的镜头都可以为其他的电影所用，并由于剪辑者的不同而衍生出新的含义。就拿广受好评的纪录电影《迁徙的鸟》和《帝企鹅日记》来说，同样是一群鸟儿在高空飞行，在《迁徙的鸟》里是鸟儿们长途跋涉的自然规律，而在一个环境宣传片里则有可能变成"环境越来越差，鸟儿们不得不换个家"；而小企鹅艰难出世的镜头，在《帝企鹅日记》里让人们看到了万物皆同的感人母爱，移植到科教片里则是"企鹅可以在冰天雪地里生活，因为它们有着特殊的生理构造"。

因此，"蒙太奇"让你了解到，电影是一门主观的艺术。你在影院里看到的每一个镜头、每一个段落、每一场悲喜,都出自电影创作者的精心设计。一部电影就像是一篇文章,电影创作者就是写文章的人,他们在写作的时候,预先就有一个写作目的,就像你写作文时候的中心思想一样。他们把这个目的隐藏在一个跌宕起伏的故事里、一场惊心动魄的战争里,让观众在看故事的时候,实现他们的目的。当然,作为观众的你也是主观的,就像读者读到一篇文章的时候,会有他自己的理解,不一定和作者的目的一致,而这些理解,和作者的想法一起,构成了文章的真正意义。因此,如果你能够在享受故事的同时保持冷静和客观,更多地提出你自己的看法,那么,你也就真正地加入了电影的创作之中。电影的"阅读"和"写作"需要你的投入和参与,这种投入和参与的过程中也需要你睿智的思考和批评。

这就是电影的本质。你看清了吗?

想一想:

1.你看过的电影中有哪些蒙太奇,把它们列举出来并进行分析。

2.看一部目前最流行的电影,分析导演的意图,并对它流行的原因提出自己的想法。

3.记录你看过电影中的几个印象最深的镜头,试着把它们重新组合,看看分别能表达出什么意思。

4. 如果让你剪辑一部和你曾经看过的相同题目、相同题材的影片,你会怎样做?

ACADEMY AWARDS
INCLUDING
BEST PICTURE
最佳影片 最佳男主角
最佳导演 最佳改编剧本
最佳剪辑 最佳视觉特效

Tom
Hanks
is
Forrest
Gump
阿甘正传

新电影怎样
走到你面前?

　　现在,一部电影拍好了,快把它拿到电影院去吧——问题是,哪家电影院愿意放映这部片子呢?

　　一部电影从拍完到放映的过程,远远比一期电视节目的制作播出要复杂得多——拍一部电影耗资巨大,而是否能够收回成本并有所赢利,主要依靠票房①的收入,这是由走进电影院的观众人数来决定的。因此,电影公司和制片商总是竭尽全力,像肥皂商推销肥皂一样,把他们

――――――――――――

　　① 票房:影片售票金额的总数,如果一部电影的单场票价是30元,有30位观众买票观看,那么,这部电影的票房就是900元。

投资的电影推销给尽可能多的观众，敦促他们走进放映厅。其实，早在1915年，美国最高法院就已决定，电影的生产是一种商业行为。因此，面对电影，你不仅是一名观众，同时也是电影公司和制片商的顾客，拥有一名消费者应有的权利。

听说电影院要放一部最新的大片，你顿时兴奋起来，拿起电话约最好的朋友去看——且慢，请你先回想一下，你是怎么知道电影院在放这部片子的？

你也许是听了同学兴致勃勃的介绍，也许是看了报纸娱乐版的消息，也许做作业的空隙瞟了一眼电视里播放的影片介绍，也许在放学回家时看到了街边影院贴出来的新片海报，还有路边的巨型灯箱广告、公共汽车上彩喷的电影剧照，等等。

那么，为什么你会被它们所吸引呢？因为同学描述了里面的精彩打斗？因为报纸的娱乐版上登出了明星的绯闻？因为电视里渲染了演出的花絮？因为海报上的名字你很熟悉？因为公共场所广告上的明星很靓？

无论你是从哪里看到了这部电影的放映信息，无论你是被什么所吸引，都离不开制片商的精心设计：制片商总是煞费苦心地想让每一个人都知道并去看他的电影，因为买票的观众越多，制片商获得的利润就越大，他们像任何商人一样，是在推销自己的产品。当然，电影的推销过程可能比肥皂啊、牙膏啊、毛巾啊什么的更有意思一些。在这一篇，你可以看到制片商和电影公司是怎么把一部新电影推到你面前的。

决定拍什么电影

严格地说,制片商们在影片开拍之前就开始工作了。很多电影剧本最早都是出于他们的点子:如果最近正流行讨论青少年心理问题,那么他们可能会找人写一部音乐老师用音乐医治学生心灵的片子;如果这一阵风行家庭伦理,那么一个四世同堂的故事题材可能是他们的首选。为了保证电影"卖得出去",他们通常都会对目前的社会形势和热点话题做出调查和估计。

相当一部分制片商同时担任着选题策划的工作。电影的主题有很多:历史片,科幻片,武侠片,爱情片,战争片,不一而足。在什么时候推出什么影片,总是让制片商大费心思。

一度风靡全球的美国影片《阿甘正传》就是制片商成功的策划。那时美国正面临着信仰危机,都市白领和精英大多陷入机械重复的生活之中,对应的是精神生活的贫乏与苍白。针

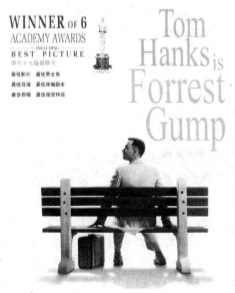

对当时现状,《阿甘正传》的制片商发现了这部并不畅销的小说,敏锐地感觉到阿甘身上体现出来的"美国精神"正是当时社会所需要的。果然,这部电影一上市就获得了大部分观众的呼应——这实际上是制片商对观众心理的呼应——并且一举夺得奥斯卡大奖。

周星驰的《功夫》也是一次较为成功的策划。过去,香港人住得很拥挤,钢筋水泥的鸽子笼生活让人的心情也容易郁闷。为了获得观众的认同,香港电影总是偏爱"小人物"的题材。尤其是《功夫》里的"小人物",虽然同样是在鸽子笼里,却个个身怀绝技,并且在和"大人物"对抗的时候,反而能够占上风。这样的主题设计,对于在鸽子笼里压抑很久的平民观众来说,既亲切,又熟悉,而且获得了心理上的肯定,似乎剧中的人物就是他们自己。

因此,在看电影的时候,你可能在想,为什么影片里的内容都是你喜欢的、有些事情好像就发生在你身边呢?其实,这个过程正好颠倒过来,制片商正是为了吸引你的注意,事先就了解了你的兴趣,而且知道你身边在发生什么样的事情,所以才把它们搬到银幕上来的。

让更多的明星参加进来

在你犹豫着是不是要买票去看某一部电影的时候,海报上的名字可能是影响你决定的第一要素。比如上面提到的周星驰。星爷的片子,不管最近有没有时间,至少要看看电影简介,第一轮放映赶不上,还要赶第二轮。你的这种"追星"心理,制片商也早就考虑到了。

好莱坞的制片商们永远会选择最有名气的导演和最走红的演员。一连串响当当的名字——名编剧、名导演、明星演员——都是获取投资的最有利因素。他们会拿着这些名字去和投资商进行谈判,告诉投资商:如果你为这部电影投资,那么获利将是你投资的多少多少倍。当然,最终获利的可能不如制片商说的那么多,但也有可能超过他们的估计,因为电影行业和任何行业一样,有着不可预期的市场风险。

在整个拍摄过程中,制片商一般都会把这些名字透露给电视、广播的娱乐节目和报纸的娱乐版,让他们到现场来采写一些"花絮",让观众提前知道这部电影,产生期待。这些娱乐节目的主播和娱乐版的记者为了获得稳定的素材,通常也会和各位制片商保持一定的联系,这种宣传网络是相对稳固的:制片商们随时随地都能够把电影的讯息散布出去。而且,其中的时间间隔也是有讲究的,如果一部电影要拍 4 个月,那么,"花絮"可能是一个月就有一次,告诉观众"电影已经拍到这儿了",提醒观众"再过多少多少天你就可以在电影院里看到了"。

在电视、广播和报纸的"花絮"宣传中,名导演和名演员是最有力的"武器"。想想看,如果你在电视机前拨弄遥控器的时候,看见你喜欢的某个明星在镜头里穿着戏装侃侃而谈,你是不是会停下来好好看看他/她又在演什么戏,到时候一定要买票去看看。

用海报吸引你的眼球

　　一部新电影的拍摄完全结束（术语叫做"封镜"）之后，电影公司发行部的工作一下子繁重起来。他们将根据这部电影的特点，量身定做最合适的宣传营销方式，定做的依据就是试放映市场调查。

　　电影公司在新电影正式上市之前会安排试放映。他们向一些单位和团体赠票，或者临时从大街上拉来一部分人充当观众。这些观众在看完电影之后，需要填一张调查表，表上包括观众的年龄、性别、职业等资料，以及对电影的评价。电影公司把这些调查表交给专业的市场调查机构，请他们根据观众的反应作出分析报告，并对该电影的促销提出中肯的建议，下面就是某份促销报告的一部分：

　　电影优势概括：

　　1.对20岁以下的青少年有极高的吸引力，而对40岁以上的中老年观众吸引力一般；

　　2.斯皮尔伯格导演的名字是一个卖点；

　　建议：

　　1.宣传片里尽可能全面呈现悬疑、惊悚、科幻等超自然色彩的镜头；

　　2.广告的影像应有意模糊，以增加观众的好奇心和影片悬疑科幻的色彩。

　　根据这份报告，电影公司将确定电影海报、宣传片和相关资料的内容与风格，尽量让它们更加"抓人"。尤其是海报，不仅要印刷精美，与电影融为一体，而且尽可能地增加它的艺术美感，提高收藏价值。

比如一部科幻电影，主要针对青少年，那么海报可能设计得动感十足，五彩缤纷；如果是爱情片，报告里的目标对象是 25~35 岁的观众，那么海报风格则较为唯美，用梦幻般的色彩唤起观众对爱情的向往；如果是《金色池塘》那样展现一对老年夫妇相濡以沫的片子，海报自然也就用庄重而灿烂的金色打底，以显示出题材的厚度。宣传片和相关资料的设计也是如此。

如果你是影迷，肯定有自己收藏的电影海报，一张新片的海报可能让你在同学们面前炫耀好

几天。一些电影公司在首映式的广告中经常特别说明，买首轮放映票的观众可以免费得到精美海报——你会不会因为想要海报而一定要去看那场电影呢？

电影广告无处不在

在电影海报投入设计的同时，明星演员们也不会闲着，他们在电影公司的安排下，陆续出现在电视、广播的脱口秀节目中，并频繁地接受各种娱乐记者和电影杂志的专访。如果你有心注意就会发现，他们面对镜头时总是拼命地强调最近的这部新片，屡屡谈到"我相信在这部片子里，我的表现比以前更好"，或者"这个角色对我来说真的是一个挑战，我接受了这次挑战，请观众朋友们来评判"。你会毫不犹豫地响应他们"好，我来评判"，然后火速预定电影票吗？

明星们的广告远远不止于此。一些制片商为制造明星绯闻，利用观众的窥探心理，引起对明星和影片的关注。比如向媒体透露电影男女主角的私生活，乃至说他们之间在拍戏时"擦出火花"，并就这些私人问题，不断安排他人出来争论，一边说"这是真的"，一边则说"不对，是谣传"，等等，这样的手法俗称"炒作"。一般等到电影完成了前两轮的放映之后，观众的注意力已经转向影片本身，制片商利用明星的炒作便会逐渐消停。

在影片面世之前，安排明星进行公关活动也是常用的促销手段之一。让明星为某项公益活动担任形象大使，或参加公益演出等等，都极为常见。近年来，针对学生观众的增加，一些制片商越来越热衷于让明星走进校园和同学们座谈、参加校园文艺活动，并在现场分发有关礼品，这种校园宣传相信你一定不会陌生。那么，下一次有某位明星来的时候，你可要注意了，他/她真的只是来参加你们的校园晚会吗？他/她给你的礼品包装袋上有没有那部最新电影的简介，是不是印着电影海报的图样？还有，他/她向你们问候时，是不是总不忘提到那部电影的名字？

除了明星之外，制片商还会和很多影评人、专栏作家联系，邀请他们对这部新片发表看法。许多报纸的电影专栏上都时不时地出现这样的评论：

> 本片拍摄技巧高明，演员演技精湛，它无疑是本年度最具娱乐价值的佳片——既有寓言故事的深刻，又有平实生活的片段，二者的完美结合让它成为当代版的《乱世佳人》(或另一部经典片名)。

看了这段评论，你感觉到其中的宣传味儿了吗？

新片发布了，直接促销开始了

很多电影的第一轮公映都是由一个盛大的新闻发布会揭幕的。会上，所有主创人员逐一亮相，名导演和名演员坐在最显要的位置上，接受各方闪光灯的洗礼。这是当晚娱乐新闻的头条，也是电影公司最直接、最耀眼的一场营销。

在这场营销活动中，制片商会发给每位记者一个资料袋,其中包括影片的完整介绍、可供刊登在杂志和报纸上的宣传照片、小型电影海报和新闻通稿。制片商也会直接和观众见面,告诉他们这部电影有多么的好看,并通过在场的所有记者,把新电影放映的时间和地点公之于众。通常情况下,电影公司会把第一轮放映安排在最好的一批影院中。因为电影和电视不同,一部影片的放映条件将对观众的反应和评价产生很大的影响。如果你去的那个影院地板肮脏黏腻、影像模糊不清、音效含混欠佳,而且票价昂贵,那么,即便电影本身的艺术性很高,你也多半会告诫身边的同学和朋友不要再去看那场电影,实在让人太难受了。这好比把《蒙娜丽莎》这幅名画放在一个阴暗低湿的小阁楼里,人们可能会因为光线的原因而不能欣赏到画面上美丽的微笑。

电影公司还会出台一些直接的促销方式,除了前面提到过的买票就赠送海报,他们有时还与部分影院合作,推出"买一赠一"的电影卡,让你买一张票可以看两部或三部电影。如果那部电影是由同名小说改编而来的,那么观众多半可以获赠一本小说。此外,有趣的玩具也是吸引人的一种方式。美国某恐怖电影的制片商曾向首轮观众每人赠送一个"观鬼器",上面装了红色和蓝色两种滤镜,观众通过红滤镜能够看到一个张牙舞爪的鬼影,而利用蓝色滤镜则可以让鬼影消失。

在新片第一轮放映开始之后,相关的营销并没有结束。电影海报和光盘将正式作为商品进入书店,这一方式为制片商和电影公司提供了票房以外的收入,但实际上,这些"副产品"的真正意义,还是在于协助影片提高后面几轮的票房。电影作为文化产品出现在各类市场上，继续吸引着观众的眼光，为第二轮、第三轮的放映进行无形的宣传。

《阿甘正传》的副产品开发就为电影的成功铺平了道路。它的衍生物《阿甘语录》收入了电影中大量经典台词，迅速在当年美国的畅销书排行榜上蹿红，不仅为制片商带来了影片之外的利润，也让这部电影的票房在数轮放映中居高不下。

电影宣传和促销都是正常的商业营销手段，就像超市里总有导购小姐在推销某种牌子的化妆品一样。它有助于提高电影的知名度，促进电影市场的繁荣，让电影在整个市场经济中发挥积极作用。但是，如果电影的实际水平和宣传内容相差很大，就属于恶性炒作，那么，不仅对观众是一种欺骗，而且对整个电影市场的发展都是不利的。更重要的是，对于该片的制片方、导演乃至演员的声誉也会造成极大的负面影响。因为，在这样一个媒体轰炸的年代，面对众多铺天盖地的信息，观众还很难分辨真假的时候，炒作也许会在一时之内起到吸引眼球的作用，但人都有自己的分辨能力，一旦发现自己被欺骗或者难以分辨事实真相的时候，就会对这样的炒作产生反感和抵触的情绪。在这个主创班子拍出下一部新片时，即使媒体对其炒作得热火朝天，观众的反映也不会太热情了。对于你来说，相信凭着你的分辨能力，一定能够在媒体的轰炸中保护自己，不会受到那些过头宣传的影响和诱惑，从而做出正确的选择。

想一想：

    1.你见过哪些电影宣传方式？试举例说明。

    2.你觉得电视、广播和报纸的哪些电影宣传是不真实的？试举例说明。

    3.如果你发现了不实的电影宣传和炒作，你会怎么做？

电影故事里有多少现实？

四

　　"好莱坞"，一个在你看来充满了梦幻、惊喜与神秘的地方。20世纪初期，一些独立拍摄电影的美国"个体户"们来到这里，建起了电影厂。不过，他们建厂的原因一点也不浪漫，只是缘于这里终年阳光普照，土地价格又低，拍戏的环境好，又可以节省成本。后来，米高梅公司、派拉蒙公司、20世纪福克斯公司等世界闻名的电影公司也都闻讯而来，在好莱坞落了户，使之成为一片电影繁荣地。有人给了好莱坞一个别名：梦工场——用一个"梦"字，揭示了电影和现实的距离。

在你看来,银幕上的一切都那么美丽动人,让你心生向往:泰坦尼克号上的罗斯到了生死关头还在向心上人诉说衷情;警匪片里的黑社会老大可以杀了人却不用负任何责任;电影里的英雄总有无数人对他山盟海誓;西部片一望无际的原野可以与狼共舞;在动物园里威严踱步的老虎都变得那么驯服,让你心里痒痒得恨不能自己养一只小老虎当宠物……当然,现在你已经从本书前文知道了,这些只不过是电影编剧"编"出来的电影主题。那么,如果这些主题真的放在你的日常生活里,会是什么样子的呢?

爱情梦有可能实现吗?

你可能早就背着老师和父母在被窝里偷偷看过了爱情小说,可是写在纸上的故事终究不如电影院里的那么直观感人。银幕上的爱情展现出巨大的力量,可以超越地域,甚至起死回生,更重要的是,男女主人公总有一方有着雄厚的经济基础,压根不用考虑工作的事儿,他们都是专职恋爱者。看多了这些生死恋,你也做起白日梦来,梦想着一个白马王子或者一位罗马公主在某天突然出现在你的面前,向你抛出一大把玫瑰花。正想着,桌上闹钟突然响了,原来,到了做功课的时间了。呵呵,你有没有想过,在现实生活中,这些浪漫的爱情梦可能实现吗?

让我们来假设一下,如果你真的打算在暑假时开始一段浪漫的旅行,并希望在旅途中碰到一位你生命中的王子或公主——就像《泰坦尼克号》里的罗斯碰到杰克，像《廊桥遗梦》里的佛朗西丝卡碰见罗伯特，那么，出行前的准备工作恐怕就要让你浪漫的期待降低不少。首先，你不可能像罗斯那样，挥手间就买到一张豪华游艇的船票，也不可能像佛朗西丝卡那样拥有一个大大的农庄。你得先去订一张船票、火车票或者飞机票，和许多人挤在一起，坐在你身旁的可能是一位慈祥的大妈或者一位温文尔雅的老先生，她/他会对你独自出行充满关心。然后，如果你没有长途出行的经验，那么晕船、晕车、晕机的感觉都会让你感到不适。到了目的地，你看着熙熙攘攘的人群，还千万要看管好自己随身的钱物，要是一心忙着在人群中寻觅"杰克"和"罗伯特"而丢了钱包，到头来不仅没有浪漫，可能还要警察叔叔送你回家。

既然出行那么麻烦，你身边就没有电影里的浪漫出现吗？你看到电影里的主人公的记忆力都那么棒，他们不仅记得几十年前从一个小女孩手中抢了一个馒头，甚至还记得前生前世里和某位公主有过一段旷世情缘。于是你就开始想，会不会有一天，有一个陌生人跑来跟你说：嗨，你知道吗，你出生的时候我就爱上你了。那么，相信你的反应一定是：不可能，我出生时候的照片我自己都认不出来了。

现在，你已经看到了电影和现实之间的距离，如果你硬要把那些催人泪下的爱情移植到现实生活中来，把你同桌的男生或女生想象成《无极》里的长跑能手或者《神话》里的外邦公主，恐怕只能大失所望。

可能你又要问了：既然电影里的爱情和现实生活相差得这么远，人们为什么还会被它感动呢？

其实，电影的魅力也恰恰在于这份距离上。电影创作者们知道，大部分观众平时总是忙于工作和家庭的各种事务，忙碌之余，则需要一种精神上的放松，就像你学习累了就想看看漫画小说一样。而电影院正好可以为人们提供一个暂时从事务里走出来、进入一个虚拟世界的机会。人都有一种追求完美的愿望，而现实中的情感经营不可能完美无瑕，因此，看着屏幕上那些惊天动地的爱情故事，让人感觉到好像自己也跟着主人公去体验了一次超越生死的情感历程，从电影院里走出来的时候，可以获得虚拟的满足和轻松。

20 世纪 30 年代的美国，正是经济危机最严重的时候，好莱坞爱情片《鸳梦重温》一炮走红。它描写的是一位在战争中受伤的军人突然失忆了，被抛弃在社会边缘。在疗伤过程中他邂逅了一位美丽的女护士。这位女护士帮助他从精神病院逃了出来，完成了对他的"第一次拯救"。尔后，还需要"第二次拯救"。军人偶然找回了记忆，后来还继承了百万家产。接着，女护士也帮他唤起了关于爱情的回忆，最终是一个"郎财女貌"的好结局。那个时期的电影几乎都是一样的故事结构，诸如《一夜风流》、《窈窕淑女》、《罗马假日》等等，都是"灰姑娘"、"灰小伙"找到了好归宿、摆脱贫困现状的故事。这其实就是反映了经济危机情况下，人们摆脱困境的强烈愿望。在电影中，通过"灰姑娘"、"灰小伙"的完美爱情，观众可以获得暂时的心理满足，忘掉严峻的现实。

为了缓解紧张的学习压力，在休息日或者假期去看一场电影未尝不可。但是你要注意了，看电影为的是休闲,大脑放松了,才能更好地工作,把更多的精力投入到学习生活中。如果沉溺其中的爱情故事不能自拔,而且生硬地把它们套到现实中来,那你可就本末倒置、得不偿失了——现实中不可能一夜暴富,也不可能路遇公主,现实中的财富需要自己的努力才能获得,而真正的情感,也要建立在相互理解、共同奋斗的基础上,绝对不可能像电影中那样搭建空中楼阁——记得咱们在本篇开头的话吗,要做电影的主人,而不要被电影主宰了自己。因为观众的心理需要是多种多样的,所以电影的题材也是多姿多彩的。爱情是人类最本质的需要,所以在电影中它最为常见。下面还有其他几种你经常在电影里见到的主题,不妨来看看它们和现实的差别有多大。

杀人能成为职业吗?

还记得《功夫》里的小人物阿星因为不敢杀人而受到耻笑的情形吗?在各种武打片中,你是不是经常见到血海横流、浮尸遍野的画面? 在那些武林高手的眼里,人命根本算不得什么,刀光剑影间手到擒来,他们就是以此为职业的。他们的武功如此高强,身手如此敏捷,还有,他们血光中拼杀的豪放,把自己的身家性命都搭上,让你有一种自由、放纵、淋漓尽致的快感。

可是,在现实生活中,杀人能成为职业吗?

答案显然是否定的。莫说是杀人,即使是你不小心伤害了别人,都要为此负法律责任。原因很简单,每个人的生命,包括你自己的生命,都是有价值的,你应该而且必须尊重它。如果你漠视他人的生命,那么你将受到最严厉的惩罚;如果你漠视自己的生命,那么你将给他人尤其是你的家人带来巨大的痛苦。曾经有人因为模仿电影中的打斗凶杀的镜头而闹出人命,这样的事情一旦发生在现实中,没有任何激情澎湃,没有丝毫自由淋漓,有的,只是毕生的悔恨和痛苦。

在本书"电视编"中我们已经看到了电视暴力的存在,其实,诸如此类的情况在电影中更为严重。美国哈佛大学早在 2004 年 7 月 14 日就公布了一项研究报告,报告指出,美国好莱坞电影近 10 年来暴力色情内容显著增多①。至今,电影暴力并没有因为这项报告的出台而减少,反而越来越多,不仅在好莱坞,就是在中国香港和内地的一些影片甚至电视剧中,凶杀暴力镜头随处可见。随着特技手法的提升,杀人的手段越来越逼真,这已经成为影视界一个突出的问题。

动作片中的暴力利用的是人性中自私、阴暗的那一部分心理。人性的多样是与生俱来的,正如你有优点,也有缺点。在大部分时候,我们按照理性、遵循社会规则说话、办事。你在学校要遵守校纪校规,外出活动时要遵守公共场所的规范,就连看电影时也要遵守电影院的规定,如"不能随地吐痰"、"不要在放映厅里大声喧哗"等等。我们之所以约束自己,遵守这些规范,是为了让社会更加和谐地发展, 让生活在社会中的我们自己得到一个更加舒适的环境。但是,某些人的心里,往往还残存着一些摆脱

---

① 资料来源:新华网,www.xinhuanet.com。

任何约束的向往——就像你喜欢偷吃妈妈藏好的糖果一样——想看看如果超越了法律、不理这些社会规范会怎么样。但是，这种向往不可能在现实中实现，电影中的暴力和凶杀就为这些人提供了一种心理上的宣泄。

但是，如果经常接触这些暴力镜头，后果无疑是消极的。想想看，如果你一天到晚看见人打人、人杀人的镜头，会不会觉得很烦躁、不安？我们的现实生活需要理性，而你，也已经在现实中培养起了一定的理性，但接触多了这些非现实的暴力，很容易和现有的理性形成冲突，这两股力量在你的身体里打架，你能好受吗？

所以，你对这股非理性的力量要保持警惕哦。如果你在看电影时觉得里面的暴力镜头过多，引起了心理上的不适，可以向电影院或有关部门反映，同时告诉你的同学和朋友，请他们尽量不要去看这部片子。电影存在的意义是为人们提供娱乐，而一旦它出现了不利于社会稳定的因素，那么，我们每一个人都有责任把这种危害的程度降到最小。

生活中有英雄吗？

除了爱情之外，英雄是电影的另一常见主题。几乎所有的古典戏——从《勇敢的心》到《亚瑟王》——都会出现这么一个人，他无论走到哪里，都有好多人对他钦佩拥戴，他永远是这群人的精神领袖。于是，你暗下决心，以后一定要成为这样的人。

问题是，这样的人能够在现实中存在吗？我们先来看看影片中成为英雄的条件：第一，英雄都有苦难的出身，

他们通常从底层奴隶做起，在很多次战役中获得胜利，逐渐赢得众人爱戴，于是成为首领，统治全局。现实中又怎么样呢？首先，我们的社会中早已经没有了奴隶，也就谈不上底层奴隶奋斗。其次，目前我们生活在一个和平年代，没有仗可以打，也就无处"建功立业"，更谈不上带着一个群体去打仗。再次，你和你身边所有的同学和朋友，以及以后遇到的人，都是平等的，不存在谁统领谁、谁指派谁的关系。总之，英雄片里的社会环境早已一去不复返了，它只能存在于银幕的梦境里。

　　第二，英雄通常都有一个强大的对立面，他们与之抗争，要么胜利造就辉煌，要么失败成就悲壮。但在你的身边，哪来这么大的一个对立面呢？在你的学习环境中，无论是老师还是同学,都是帮助你、和你一起努力的。可能你和同学们在学习上存在竞争,但那也是积极的,彼此促进共同进步;而你以后在工作中可能遇到人际矛盾,但那种矛盾可以通过交流来化解。实际上,人的一生,就是化解矛盾的过程,在这个过程中,你会变得越来越成熟,越来越理性。而不是像电影里那样,把矛盾激化直至战争。如果你真的那样做了,恐怕你不但成不了英雄,还会一败涂地。

说到这里,你可能有意见了:我真的很喜欢电影里的英雄啊,他们面对困难从来不会失去勇气,而且总是能够在危难关头做出英明的决策。的确,就像你所说的那样,电影中有很多你可以吸取的积极因素,比如那种不屈不挠、迎难而上的精神,还有遇到大事、处乱不惊的气概,在现实生活中也都是非常必要的。在为亚瑟王独自迎战的勇气而欢呼的时候,你也别忘了问问自己:我从这部电影里得到收获了吗?如果答案是肯定的,那么恭喜你,你真的成为了电影的主人,而且,你离英雄的气质已经迈近一步了。

真的有那么美丽的地方吗?

有一个时期,好莱坞的很多制片人都把精力和金钱投在了美国西部的原野上,这些西部片很快漂洋过海,来到了中国。相信你对这样的镜头一定不会陌生:一望无际的原野上,英姿飒爽的西部牛仔骑马前来,上演着一出出田园牧歌式的侠骨柔情。

这样的地方谁不向往呢,然而,世界上真的有这么美丽的地方吗？

　　如果你翻翻历史课本，很容易发现影片和现实的差距。好莱坞的西部片大多写的是美国人在西部的探索和开发，把西部描绘成一个乌托邦式的田园，当然，这里也有爱情，有复仇和杀戮，但更多地展示出一幅史诗般的画卷，充满了原始的野性的自由。但是，历史上美国对西部的开发远远没有那般田园色彩，那是一个漫长的、艰辛的，也是充满了血腥和占领的过程，可以分为两个大规模集中开发的时期。一个是1860~1890年，这一时期，每个年满21岁的美国公民或宣布愿意成为美国公民的人，只需交纳10美元手续费就可以免费获得无人居住的政府所有土地160英亩。你可以想象一下，在这一政策的鼓励下，有多少人来到西部，开始了一场"圈地运动"，成为当地的奴隶主，拼命地扩张他们的庄园，争抢地盘的斗争，与当地印第安人的流血冲突每时每刻都在发生。第二个时期是1930~1970年，二战前夕，美国在西部建起了大量的军工厂，为战争输送武器。当然，这段历史促进了美国东西部经济发展的平衡。但是，这段发展远远不可能像电影里描述的那样，由一场又一场玫瑰色的浪漫构成，而是充满了各式各样的血腥争斗。

　　这样的差距在很多历史片中都可以见到。正如我们在前面看到的那样，电影在银幕上演出的历史，不可能是历史本身，而只是电影创作者心目中的历史，或者只是一个电影创作者创作出来的故事，创作者为这个故事选择了那段历史背景而已。因此，当你在看历史题材电影的时候，注意别把它们当做历史来看，否则，你心目的那段历史,就被创作者制造的历史给取代了,里面的很多信息都可能是不真实的,因为电影本身就是一场脱离真实的梦境。

电影和现实永远有着不可逾越的距离。电影创作者们总是很小心地把握这段距离的长度:距离太短,容易让人们失去想象的空间,和电视纪录片就没有什么两样了;距离太长,又不能引起观众在心理上的共鸣;只有在距离恰当的时候,才能获得最佳的效果。而对于你来说,如果能够看到距离,并用心中的尺子去量一量距离的长度,想一想电影制作者为什么这样设计,能从这段距离中有所收获,你就真正获得了电影的意义。

想一想:

1.列出你见过的电影主题,并想想电影里的演绎和现实中有什么不同。

2.你和你身边的同学最喜欢哪一种主题的片子,为什么?

3.观察一部当前热播的电影,分析它的主题,以及与现实之间的距离。

幻彩背后的
现实投影

五

　　电影和现实的距离是一个微妙的话题，比如泰坦尼克号上的爱情看起来很真实很感人，其实却很难在现实中完成。而有的时候，一部电影看起来与我们的生活遥不可及，实际上却隐含着现实的偏见，科幻片就是一个典型。科幻片起源于法国，革新于德国，全盛于美国。1902年，乔治·梅里爱以一部《月球旅行记》掀起了世界各国竞拍科幻片的浪潮。25年后，德国人弗里茨·朗拍摄了世界上第一部现代科幻片《大都市》，带来了一场电影技术的革新。如今，在高科技的支持下，你眼前的幻彩世界越来越神奇。可是，幻彩背后的现实，你又能发现多少？

如果有人问你,你心目中最带劲、最迷彩的电影是什么?你会怎么回答呢?是《星球大战》、《蝙蝠侠》还是《蜘蛛人》? 这些片子和前一篇我们提到的那些故事片不一样,故事片总是想方设法地让你相信, 这个故事曾经真的在现实世界里发生过, 而科幻片通常从一开始就把时间设定在一个遥远的未来,告诉你,这一切都不是真的,而是一个想象中的幻彩世界。但是,它真的和现实一点关系都没有吗?

科幻电影虽然"发生"在一个你无法触摸的未来时间里,可是,它的制作者们都和你生活在同一个时代,他们制作出来的作品,必然带上许多现实社会的烙印。科幻电影就像一面哈哈镜,把一个现实的人变了形,但是,你仔细一看, 这个人的脑袋还是那个脑袋,身子还是那个身子, 而且, 这个人头脑里固有的价值观念就更加变不了了。这个哈哈镜的变化相信你早已了解,那么,我们就来看看那些"变不了"的是什么。

第一现实:"美国人拯救地球"的观念

今天,影院里放映的是你最喜欢的《星球大战》,你迫不及待地买了票,和主人公一起探秘遥远的海底世界、登陆太空某个不知名的星球,和那里的外星人作战。吸引你的,不仅是一片深邃浩渺的太空,更多的是那场激烈的宇宙战争。别的不说,单就那些太空武器——飞船、激光炮、飞弹、电子侦察器、雪地飞艇、驼形坦克——就让你眼花缭乱,惊呼不已。电影放完了,你还意犹未尽,和身边的同学讨论哪种武器性能更高,哪种枪威力更大。

　　不错,这些武器都很耀眼。如果你是个有心人,可能不仅会注意到武器的"高、精、尖",还会注意到那些飞船和快艇上无一例外地打着"U.S.A."的标签。再细心一点,你还会发现,影片中拯救地球的人类领袖,无一例外,全部是白皮肤、黄头发的白种人,绝大多数时候他们都是美国人。当然,你偶尔也能看到一些亚洲人的脸孔,但他们总是被领导、被指派,从事着几乎没有任何技术含量的工作。而且,无论是在战斗的攻坚阶段还是在战争胜利之后,镜头里多半都会出现一面美利坚合众国的星条旗。看到这里,你有疑问了吗? 对了,影片里既然说的是全人类共同来保卫地球,为什么在领导者的队伍里,只有美国人出现呢?

　　不知你是否记得咱们在本书"电视编"里对于"男孩女孩"、"胖好瘦好"的偏见讨论吗?同样地,这里又出现了另一种偏见的影子——有关国家和地区的偏见。由于我们平时很少看到来自中国地区以外的电视节目,因而在电视里很难体会到这种偏见。而在那些创下全球票房纪录的进口电影中,你就能比较清晰地感觉到这种价值观的存在了。

　　每一位电影创作者都有自己的国籍,他们大多数都热爱着自己的国家,并对自己国家目前的国际地位及其在国际社会中发挥的作用有一种判断。这种判断可能是潜意识的,他们自己也未必知道,而在进行电影创作的时候,这种现实判断也就自然而然地被渗入了影片中。

　　在世界各国中,美国的电影制作技术发展较快,总体水平也比较高,尤其是好莱坞,恨不得把每一项刚刚出台的技术都立刻用到电影制作上。这正好与科幻片的要求不谋而合——那些排山倒海的浪潮,瞬间分崩离析的城市,还有从一个星球打到另一个星球的战火,都离不开最新的科技,因此,你看到的科幻片,以美国出品的居多。再加上一些美国导演和制作人的价值判断,往往以他们自己生活的国家和地区为中心,结果就让你看到了一个总是被美国人拯救的地球。

试想一下,如果这部电影的出产地是法国、英国、澳大利亚,影片里拯救地球的主人公又会是谁呢?设想再大胆一点,如果由你来拍这部电影,难道就一定要把它变成一个中国人拯救地球的故事吗?

如果真的有一天,地球遭到了前所未有的危机,那么,拯救它的工作显然都不能是单独的几个人或者一两个国家就能完成的。地球是人类共同的家园,它的维护、建设和发展也是全人类共同的责任和义务。无论地球遭遇到什么样的危机,问题最终的解决方案都不可能像电影里演的那样,由来自一个国家的一两个人拍板决定,而必然是全人类的代表共同协商和制定出来的。地球的命运,掌握在全人类的手里,生活在地球上的每一个人——不管你是美国人、英国人,还是中国人——都将成为保卫家园的主人。

你是美国科幻片的忠实"Fans"吧?相信你同时也是一位对这个世界怀有良知和责任感的合格"地球人"。那么,当你在看到宇宙幻彩的同时,也要看到幻彩背后的现实判断和价值偏见。

第二现实:科幻片里也有广告啊

制作一部科幻片,最现实的问题恐怕就是经费。它的投入可比一般的故事片大多了,光是一个打斗的镜头,在平地上拍可能只需要半天,但是把它搬到银河系里,可能就要花上几天、十几天、几十天的工夫。因此,一些科幻片的制作者往往一边尽可能地扩大宣传、提高票房价值,一边寻求其他的盈利之路。把你看过的电影翻出来好好观察一下,无论它们发生在 2100 年还是 3100 年,你都会发现,原来里面有那么多 2006 年的商业痕迹。

一艘宇宙飞船朝你冲了过来,在它离你最"近"的时候,你有没有注意到,飞船的船身上印着硕大的某某国际航空公司的名字,你曾经在一次出国旅行的时候乘坐它们的飞机。你在那一瞬间可能有些疑惑:这个片子发生在几百年后,剧情也和这家公司没有任何联系,怎么会有他们的标志呢?然而,还没容你细想,飞船就"刷"地一下冲向远方,你的疑惑慢慢也就随着剧情的展开而淡漠了。

接下来,一群外星人登陆地球,由于气候和环境的差异,他们出现了种种身体上的不适。让你诧异的是,外星人治疗星球之间"水土不服"的药品,竟然就是你平时常喝的可口可乐。你兴奋极了:没想到可口可乐的威力还有这么大呢。

在地球的外星人需要向留守本星球的同伴发送信号,天幕上出现了几个大大的英文字母,且慢,这好像又是哪个大企业的标识。这一回你的注意力不再淡漠了,不过有时候转念一想,咳,也许外星人碰巧也喜欢这几个字母呗。

很显然,这一切的"凑巧"都不是真的"巧",而是经过了人为的精心安排。咱们曾经在本书"电视编"的"晚会是现场联欢吗?"篇中看到过电视晚会中的"软广告",其实,这种现象在电影中同样屡见不鲜,只不过更为巧妙而隐蔽。电影不像电视那样,能够安排大量时间来插播赞助商广告。商家对电影的投资,多数只能通过票房总收入的提成来收回,而很难获得声誉的提高。虽然有些电影会在放映前播几条广告,但数量毕竟有限,花钱买了电影票的观众也不会乐意收看。尤其是科幻片,投入大,成本高,一些商家就希望在片中也能"露个脸",给观众留下一定的印象,从而获得广告的效果。你看,上面的三处镜头都是不同程度的"软广告"。下一次你再看到外星人用可口可乐来治病的时候,还会相信这种饮料真的有疗效吗?

第三现实:冰河时代真的会来临吗?

你还记得 2004 年的印度洋海啸吗,电视新闻里冲天的巨浪和惊慌的人群是不是让你想起了一部震撼人心的科幻灾难片《后天》?这部美国 20 世纪福克斯公司耗资 1.25 亿美元出品的虚拟故事中,很多镜头和海啸现场如此相似,让很多人不由得对科幻电影产生一定的"崇拜":难道科幻片里的故事真的会在未来发生?难道科幻电影的制作者都是预测未来的先知?

而且,像《后天》这样与现实不谋而合的片子在科幻电影史上并不少见。1902 年首映的世界上第一部科幻电影《月球旅行记》，写的是一门巨炮将 6 位探险家乘坐的太空舱发射到月球上，探险家们随后遭到了怀有敌意的月球人劫持，后来终于逃回太空舱，并将太空舱移动到月球边缘落回地球，溅落在大西洋之中。当时的科学

家们对影片提出质疑：大炮不可能将太空舱发射到太空，就算能做到，其中的人也会死于重力加速度。然而，67 年后，美国的"阿波罗 11"号宇宙飞船成功地将两名宇航员送上了月球。

在《星球大战前传 2：克隆人的进攻》中，奥比旺深入遥远的海底世界，发现蛮荒之地上无数克隆人试验正在秘密进行。在影片《天赐灵婴》、《人工智能》、《第六日》等片中都幻想了克隆人出现的场景。1997 年，克隆羊多莉诞生；2002 年 12 月，雷尔教派成员、法国科学家布里吉特·布瓦瑟利耶宣布：世界首名克隆婴儿诞生。这时，让人

们震惊的已经不再是克隆人有没有可能出现，而是克隆人所带来的伦理混乱问题了。

《星球大战2：帝国的反击》里，哈里森·福特被急冻技术制成了一个人体雕像挂在墙上，莉亚公主赶去把他解冻解救了出来。1983年的这一幕，让人好奇和激动。在随后的《蝙蝠侠》、《越空狂龙》、《后天》等电影中，也有急冻人的情节。今天，各国的科学家都在研究降低体温延寿的方法。2003年，日本科学家研制出装有传感器和微电脑系统的分子大小的纳米机器人，科学家们可以利用这种纳米机器人在被冷冻的人体内工作，分析细胞损伤程度，自动修补损伤细胞。

《哈利·波特》里，波特有一件神奇的隐身斗篷，每次身处险境都可以"一隐逃之"。现在，日本研究人员利用特殊的反光材料制成的"风衣"就可以令人产生错觉。而美国科学家发明的等离激元覆盖物则更"高明"得多。等离激元材料制成的东西可以分散可见光，如果光的频率接近等离激元的谐振频率，物体就不能被看到。这在某种程度上很像《星际迷航：太空追逐战》中那架一按按钮就隐形消失的战鸟。

当"9·11"美国世贸双子楼被飞机炸得从中截断、浓烟滚滚时，很多在电视里看到这一幕的人还以为是电影场景。因为在1996年出品的影片《独立日》中，外星人的飞船袭击美国各大城市，两艘外星飞船发射激光光束，白宫与摩天大楼顿时灰飞烟灭，大楼呈粉末状自上而下倒塌，天空中烟尘滚滚，地上行人逃亡呼号……情景与世贸大楼倒塌时惊人地相似。

......

　　这么多的例子，确实很容易让人把科幻电影看成是"真的未来"；这么多的例子，让你的崇拜又多了一分，本节开头已经提出的问号，这里再加深一层：科幻片真的有这么"神"吗？

　　这些科幻片看起来的确很"神"，但若是你琢磨一下其中的道理，自然就揭开了它表面上神秘的面纱。这还要从科幻片为什么受到人们的欢迎说起。

　　在上一篇里我们谈到，现代人在工作和学业上比较紧张，容易积攒许多心理压力；前面我们也了解了，电影制作者在开拍之前，会对现实社会进行一定的调查，分析观众需要什么——科幻片就把这两个方面结合起来了。任何的"未来故事"都是当代人创作出来的，那些故事不可能是空穴来风，它记录了当代的社会问题和人们的心理焦虑，把现实中已经存在的危机按照一定的逻辑扩大后，放到一个未来的时空中，就形成了科幻故事的雏形。再添加一些高科技的炫彩手法，一部科幻电影就诞生了。

　　这样生产出来的科幻影片，实际上有着非常扎实的现实基础，在某种程度上不妨把它看作"现实矛盾扩大片"。它揭示的社会矛盾在实际生活中已经存在，只不过现实中的危机还没有发展到如影片中那般激烈的程度。但是，一旦现实社会中有了相关的突发性事件，矛盾就会迅速扩大激化，有时候"现实激化"的程度恰巧和影片中的"假想激化"差不多。影片的"预测"效果就是这样形成的。

　　就拿《后天》来说，它虚拟的是人类破坏环境所产生的严重后果。很明显，影片展开想象的依据是当代人与环境关系恶化的事实，创作者根据现代人对环境问题产生的焦虑，以及自然发展的规律，推导出了这一事实恶化产生的后果。创作者没有想到的是，现实中的问题比他们估计的还要严重，在他们的头脑里可能上百年后才会发生的惨剧，在今天已经具备了发生的条件。从这个角度上说，影片的创作者并没有做出准确的"预测"，因为他们对现实的估计和判断是错误的——现实是，当代已经出现了"冰河时代"。

在诸多电影门类中，科幻片恐怕是"最不现实"的一种，但是，科幻片所包含的现实因素，一点都不比其他的电影少。原因很简单，电影是人创造出来的，而人的想象力再丰富，也不可能脱离时代的影响。在其他影视片里存在的价值观和商业利益，在科幻片里同样存在。如果你清醒地意识到了这一点，就会发现，科幻片改变了的，是电影的艺术表现形式，而有一点是变不了的，那就是，无论电影的画面多么迷彩、情节多么离奇，即使和你的生活有距离，但是也都来自于你身边的现实。

想一想：

1.你最喜欢哪一部科幻片？为什么？

2.仔细把这部科幻片再看一遍，分析其中的价值观，找出里面的"软广告"。

3.把这部片子和你身边的现实相比照，列出其中的异同。

童话是无瑕的吗?

1928 年，当 Walt Disney 和他的朋友把一只名叫 Mortimer 老鼠送上银幕的时候，你的爸爸妈妈还没有出生呢。那时候的人还没有听说过"动画"一词，这个可爱的老鼠发出的吱吱叫声则是 Disney 自己配的音。然而很快，这只被中国人称为"米奇"的老鼠风靡了整个世界。虽然动画片的制作很不容易——一部 10 分钟的片子得先画好 14 400 张动作连续的画面——然而，继 1937 年第一部动画故事片《白雪公主》的面世，任何力量也抵挡不住人们对动画片的痴迷，因为它太可爱了，是不是？动画片的观众大多还没有成年，而制作者们却大多不再年轻。

因此，看似可爱的动画片形象演绎的故事中，也不可避免地要染上一些成人世界中的世俗、成见，以及浓重的商业色彩。

也许你正在被无边的功课搞得昏昏欲睡，可是，提到下面的一串名字，你是不是立刻就精神起来了：馋馋的加菲猫、憨憨的小熊维尼、爱吃菠菜的大力水手、勇往直前的狮子王辛巴、总是冤家的 Tom 和 Jerry、米老鼠和唐老鸭，还有脏脏的阿贵和语出惊人的蜡笔小新……你头脑里那些鲜活的形象立刻跳了出来。看多了这些动画片，你便有意无意地模仿他们的语言、动作，比如唐老鸭经典的"阿欧"和蜡笔小新的"我想吃青椒"。可是，在被这些幽默、可爱的形象所吸引的同时，你有没有注意到，动画也有不幽默、不可爱的一面呢？而且，这些不幽默、不可爱的成分，可能正在影响你的生活，让你的生活也慢慢地变得不幽默、不可爱了。

你小时候是这样的吗？

你第一次看动画片是什么时候？是三岁、四岁还是五岁？在那个时候，你觉得自己的行为会和动画片里的孩子一样吗？如果答案是否定的，那么，你认为这部标着"儿童节目"的动画片是给儿童看的吗？

在本书"电视编""儿童和成人有区别吗？"一篇里，我们曾经谈到电视儿童节目的"家长代言人"现象，这种现象到了卡通动画里，变得更严重了，而且出现了大量归在

"儿童节目"门下的"成人动画"。

你可能看过一部由计算机制作的动画片《阿贵，爱你喔》，那里面有很多儿童的形象。主人公阿贵是一名四年级的小学生，其他角色大都和你年龄相仿，或者比你稍小一些，但你发现，他们连一句话都说不清楚，特别是阿贵弟弟，脸上常挂着一条鼻涕，口头禅是"死给大家看"，语言表达能力极低，智力水平也不高，更不用提什么社会责任了，大家通常都忽略他的存在，比前面提到的电视节目里的儿童还要弱智。可是，你明明知道，你和你的同学们比那些同龄人的智商高多了，即使在你小的时候，你也不会像动画片里的小孩那样成天挂着鼻涕，没有思维逻辑，胡言乱语。

这种动画片里描述的并不是真正的儿童，而是成人脑海里对儿童的印象。动画的创作者们离真正的儿童世界已经很远，往往在潜意识里认为："小孩子懂什么？"他们创作出来的"小孩子"，自然也就是什么都不懂的了。但你曾经是"小孩子",你知道当你还很小的时候,尽管语言能力还没有现在这么强,但对于很多事情都有了自己的看法,完全不像动画片里的那些孩子那么无知。只不过你那时候的语言和思维,和成年人的有很大不同,而成年人因为听不懂这些语言、看不到这些思维,就武断地认为小时候的你没有自己的语言和思维,他们塑造出来的儿童形象很容易给人以误导,让人以为现在的孩子就是这样的啊。可是,你是刚刚从童年时代走过来的哦,你小的时候真的是这样吗?!

童话里的成人世界

在卡通片里,你看到小老鼠Jerry为了报复大猫Tom而把一块秤砣扔到猫的嘴里,看到阿贵妈永远是脏话连篇,还有,你对于蜡笔小新的笑话好像总是有点听不明白,而且越不明白就越想听……这些童话世界,看起来和你的生活毫无关系,但是,看多了之后,你在和同学吵架的时候是不是也会和Jerry一样恨得咬牙切齿,也想立刻进行报复;哪天心情不好,阿贵妈口里的脏话不过脑子就被你说了出来;还有小新,他怎么知道得那么多,惹得你对那些家长总是缄口不言的话题产生了浓厚的兴趣,上课也老爱琢磨。那么,你有没有意识到,这些卡通片里的世界,有点陌生,然而又有些熟悉,因为无论是Jerry对Tom的仇恨还是阿贵的脏话,你都曾在爸爸妈妈或者其他成年人的交往中感觉到过。

请你相信自己的感觉。没错。从表面上看,卡通片是演给儿童的童话,但实际上,写童话的是成人,卖童话的也是成人,因此,在这些童话里,隐藏着一个成人世界。

世俗的情绪

如果你是迪斯尼的热心观众,那么你肯定已经发觉,"扁"这个动作,是唐老鸭、Jerry、Tom等"人"最喜欢的。如果有人偷吃了那只鸭子的美食,它的第一反应就是立刻冲上去把那个家伙揍得由立体变成平面,成为扁扁的一张躺在地上。大猫 Tom 抓到老鼠 Jerry 之后,也曾经利用钟锤等重物把 Jerry 压扁。你从这个动作里看到了什么呢?除了无名的仇恨之外,恐怕就是报复的快感了。

当然,有一种情况是唐老鸭不敢上前报复的,那就是,如果惹火他的是那只剽悍的大狗,他是不敢上前吱一声的,只能自认倒霉,灰溜溜地沿着墙根走回去。原因很简单,大狗比鸭子强大——这又让你看到了弱肉强食的世俗逻辑。

诸如此类的情绪和逻辑还有很多。正如你有高兴的时候,也有生气的时候一样,在这个世界上,总是存在着一些不那么公平的现象,让人不由得产生出一种抵触、仇恨、报复等不那么可爱的情绪。卡通片的成人创作者们,或多或少地带有这种情绪和心理,在创作时,这些情绪便不可避免地在片子里折射出来。就像喜欢足球的你总要忍不住在课堂上侃两句足球一样,卡通片的制作者们也总是忍不住要在片子里通过几只动物发两句牢骚,这些消极的情绪有可能通过一只鸭子、猫,或者老鼠传达给你。

如果你不对这些情绪保持足够的"定力",就很容易受到它们的影响,从而产生一些偏激的看法,采取一些激烈的行动。这和我们前面提到的暴力影响是一样的，只不过动画片里的动作更夸张，因而就显得不那么血腥。但是，这些过于激烈的情绪并不是健康的，它们可能让你变得不再快乐，总想着怎么去报复那个前天取笑过你的同学，恨不得也往他的嘴里扔一个秤砣。这种情绪的存在，不仅于你的身心健康有害，而且也会产生伤害性的后果。比如，动画片里的动物被压扁之后，还能像个"不倒翁"一样立马弹起来恢复原状，但在现实中，有可能把一个人压扁之后再恢复原状吗？

如果你真的想要像米老鼠那么快乐，就多想想他对大狗的帮助；如果你想要像小老鼠Jerry那么聪明，就多想想它对大猫Tom的宽容。其实，任何影片都会同时向你传递出积极和消极两方面的情绪，关键看你吸收了哪一方面的营养。

粗俗的语言

倘若你稍微注意一下像《阿贵，爱你喔》这样的流行动画，你会听到时下最流行的脏话，比如，说一个人是"猪"、是"混蛋"、"去死"等等，几乎就是一本活生生的"骂人语录"。这些脏话的出台，其原意可能只是博人一笑。但是，身为文明社会公民的你，真的能笑得出来吗？

这些用语你有可能是第一次听到，觉得好玩，或许也曾在一些场合试着使用它们，并于潜意识里认为："像阿贵那样的小孩都能说，我为什么不能说呢？"当然，这只是你的无心之举，但是，不知你是否意识到，你的模仿，已经在相当大的程度上损害了社会文明。

卡通片里的脏话来自成人世界中较为低俗的部分。一些人在生活压力较大的情况下通过脏话来宣泄心中的愤怒、忧郁和不平衡感，这些不文明的话语和其他话语夹杂在一起，被人们传播，范围越来越广。动画创作者身处成人世界中，他们观察、捕捉到这些话语的流行，将它们夸大，以增加动画人物的吸引力，达到"搞笑"的效果。这些"搞笑"的语言让你们觉得好玩、轻松，于是，你们中的一些人便不自觉地加入了脏话传播的行列。

真正的幽默，是建立在人与人之间相互尊重的基础上的。这些脏话，造成了对他人的心理伤害。建立在伤害基础上的欢乐，还能被称为欢乐吗？

如果你身边的人正在模仿动画片里的粗俗语言，那么，请你及时地加以制止，并告诉他/她，动画是娱乐人们的工具，而不是用来彼此伤害的玩意儿。

性 与 情 色

另外还有一种类型的成人动画，从表面上看，动画片的主人公也是和你"小时候"一般大的孩子，但他们讨论的问题可能让"小时候"的你完全摸不着头脑。比如那个顽皮的小新，总是对性和情色一类的成人话题感兴趣。对于当时的你来说，小新的形象既生动又活泼，很有吸引力，而小新说出的话，你似乎朦朦胧胧地懂得一点，也曾经拿这些问题去问过爸爸妈妈，却往往得不到明确的答复。你心里就时不时地有点郁闷，对那个领域愈发好奇，上课也就没有什么心思了。

其实，卡通动画片变得越来越"成人化"的原因，相当一部分是缘于观众群的变化，越来越多的成人为了寻找轻松，也成为动画片的观众。于是，动画制作者心目中的对象，也并不完全局限于儿童，在创作时为了吸引更多年龄层次的观众，甚至有意加入一些成人话题。然而，在目前大多数人的意识中，动画还是孩子的专利，卡通片也没有像其他电影那样，实行分级的限制。但实际上，相当一部分卡通片，都已经直接把成人世界作为描述的对象，完全不会考虑可能对未成年人产生的不良影响。

如果你觉得有一部动画片在讲述一些成人的性和情色的话题，却被安排在儿童剧场或者儿童节目中，你应该清醒地认识到，这里面可能存在着安排上的疏忽。那么，不要犹豫，去提醒剧院的工作人员或者儿童节目的播放单位，告诉他们这样做的消极影响，说服他们重新安排。

小猫小狗能控制你吗？

放假了，你计划着去哪里玩，首先在脑海里蹦出来的就是香港迪斯尼乐园；同学过生日，你给选的礼物就是一个大大的毛绒机器猫；你的书包上印着大大的史奴比小狗、铅笔盒是粉粉的 Kitty 猫系列——这些可爱的卡通动物包围着你，让你心甘情愿地把每一分零花钱都交给它们。

当然，得到你零花钱的并不是米老鼠、机器猫和史奴比们，而是迪斯尼乐园的老板、毛绒玩具生产商和文具商。其实，每个卡通形象在设计的时候，为了吸引人，都会把它们的样子、个性设计得很可爱，或是把故事情节写得

很精彩，让你不仅喜爱那个童话故事，而且想拥有故事中可爱的主人公们，模仿故事中的情节。这时候，很多商人就会用这些卡通形象来制造相关商品。而你作为卡通人物的"Fans"，一看到这些印有自己喜欢的卡通商品，就禁不住诱惑地要去买它。实际上，这些商品的标价通常都很贵，超出了你的实际购买能力，或者在设计上不够安全，比如有的动物玩具的绒毛容易脱落，如果你把这些细毛吸入鼻孔，就会引起上呼吸道感染；有的印有卡通人物的食品成分里含有过多的色素或糖分，等等。而更多的情况是，你可能根本不需要它们。

现在，很多卡通人物都不仅仅在动画片中出现，而是走进商场，走进电话，走近你的身边。卡通形象的制作者和推广者在影片放映的同时，就已经出台了各种各样的附加产品。有的商家把银幕上的卡通搬上荧屏和网络，提供付费服务。你如果觉得刚才在电影院里没有看够《宝莲灯》，那么可以登录迪斯尼的网站再看一遍，当然，你需要为你的"再看"付费。而且，当你点开这些网站的时候，总会自动弹出来很多广告窗口，这些和卡通"捆绑"在一起的广告，也是商家的收入之一。

此外，如果你看过动画片《阿贵，爱你喔》，就会发现，片子中间还以付费电话的方式来诱惑你。如果你拨打这一电话，就能取得阿贵制作公司开发的各类商品，如贴纸、T恤、光盘等。这实际上是把节目和广告混淆起来，让你很容易就心血来潮，打了高额的付费电话，自己却还没有意识到。而且，制作方还曾经把广告主委托制作的广告以动画故事的方式来呈现，让你很难察觉信息与广告的差异，而且，促销产品的品牌也时时出现在故事中，从而留存在你的脑海里，下一次当你在商店里看到这个商品的时候，很容易出于喜好而选择它。

更多的时候，商家是让卡通形象"自己来说话"，赋予它们人的品质，吸引你和它们对话。现在咱们就一起去一趟迪斯尼乐园，你会在乐园里看到，米老鼠这个本来完全是虚拟出来的动物既能播报新闻、担任产品与活动代言人、出唱片、拍广告、出版书籍及文具、玩偶，也能销售服饰，甚至经营主题餐厅、贩卖各种以它为品牌的商品。而且，商家为了保证利润集中，往往卡通形象一出现就申请"专利权"。比如，市场上所有和迪斯尼卡通形象有关的商品都必须经过迪斯尼品牌的授权，这样，不管你是买了米老鼠毛绒玩具还是印有米老鼠形象的铅笔盒，抑或是最新的米老鼠手机，你的钱都是掏给了迪斯尼公司。前不久，有个商店用了米老鼠形象在门口向顾客道歉，还被迪斯尼公司告了一状呢。

因此，当你喜欢上那些活泼可爱的卡通人物和动物时，也要想一想，这个卡通形象的出现，究竟是纯粹演出一个动画故事，还是意在促销外围商品？如果你发现了夹带着广告的动画片，并觉得制作者是有意将二者混淆，那么，你可以向影视部门反映，告诉他们，你希望看到完整纯粹的动画节目，不希望被节目中的广告干扰。而且，如果你发现动画片里以隐蔽的方式让你拨打付费电话，甚至没有告诉你这个电话的计费方式和计算时间，那么，你也可以质询电信部门，告知这种情况已经违背了《中华人民共和国电信法》资费透明、公开计价的原则，有刻意欺瞒、赚取高额话费的意图。当然，在更多的时候，你需要对身边的种种卡通片保持警惕，在掏出钱包之前，先想一想，这盒印着卡通图案的饼干，营养成分到底怎么样，有没有内含不利于身体的物质？你是否真的需要一个卡通猫来做伴，还是你买回去之后，只能让它在角落里睡大觉；你现在的铅笔盒、书包、手机是否还是全新或者半新的，不一定非要用卡通系列产品来武装自己。你的头脑是那么聪明，一定能够对商家的诱惑做出自己的判断，千万别轻易被那些动画片里的小猫小狗给控制了。

在过去的几十年里，一部部优秀的卡通动画为我们的整个青少年时代营造了一个个纯洁无瑕、充满美好时光的童话世界。然而，在欣赏这个世界的同时，相信你也能看到，很多童话来自成人的笔下，不可避免地要带上成人世界的色彩。这些色彩可能并不那么美丽，可能有些世俗，可能洋溢着商业的气息，甚至可能会在一定程度上操控你。而你所能做的,就是让自己在品味美好事物的同时警惕世俗成见,在吸收营养的过程中剔除不良因素,慢慢你就会发现, 这个童话世界在你的眼里会变得越来越美丽。

想一想:

1.你喜欢哪些卡通形象,为什么?

2.你觉得哪些卡通片里带有不良情绪和因素?

3.你是否买过带有卡通标志的产品,为什么买它?

青春偶像是
如何产生的?

　　最早的偶像剧不叫偶像剧。它诞生于日本,20世纪90年代初俗称"月九剧","月"是指星期一,固定在星期一的晚九点播出,这个时间是日本电视剧播出的最黄金时段。两部你十分熟悉的片子——《东京爱情故事》和《一百零一次求婚》奠定了偶像剧的黄金时期。其后,韩国偶像剧也随之兴盛起来,《冬季恋歌》、《夏娃的诱惑》、《浪漫满屋》等系列在日剧的基础上日益丰满着偶像剧的羽翼。

　　青春偶像剧的中国叫法则来源于凤凰卫视的前身即香港卫视中文台,它在播出日剧、韩剧时冠以一个固定的名称——"偶像剧场"，偶像剧的叫法由此而来。由于偶像剧起源于20世纪80年代日本的电影《血疑》，而且其基本流程如"编剧——拍摄——剪辑"均与电影相似，偶像明星得到的青睐不下于电影明星，售卖方式也以影碟为主，这些都与"电视编"中提到的节目差异较大，因此，我们把这一类电视剧放在"影剧编"中进行讨论。

你是"哈日族"或者"哈韩族"的一员吗？你曾经一连好几个整夜看偶像剧影碟不睡觉吗？你会模仿那些青春偶像的打扮，把头发染成黄色、红色和紫色吗？

如果你不假思索地回答"是"，并且很快就能数出木村拓哉、竹野内丰、铃木保奈美、松岛菜菜子、金喜善、徐熙媛等一大串你心中的偶像，并认为像他们那样才"酷"才"美"，那么，你想不想知道，这些偶像是怎么产生的？

偶像剧公式

既然你喜欢看偶像剧，那么我们索性一起连着多看几部吧。第一部戏里有个美丽的女主角遭人陷害又被误解，让你不由得心生不平。更可恨的是，那陷害女主角的女子，颇有心机又做作，因为爱上了女主角的男朋友，就一门心思地拆散他们。期间经过重重考验，最后男主角才发现了女主角的冤情，有情人终成眷属。下面再看第二部，有个漂亮又善良的女孩和一位英俊潇洒的男孩倾心相爱，中间冒出来另一个男孩同时爱上了她，最后误解冰释，她和第一个男孩走到一起。接着来看第三部，一上来又是个温柔女子和英俊小生谈恋爱，这回中途出来的还是女孩，最后——前嫌尽释，旧情人携手。看到这儿，你忍不住大喊一声："停！"天哪，这些戏怎么都像是一个模子里刻出来的?!

看多了你就会发现，大多数偶像剧都有自己的公式，不信，多看几部，你就能总结出来了。每次换一换男女主角和戏剧名称，你也可以写一部新戏。这些公式里的元素随手就可以写出几条来，拿你看过的偶像剧套一套，包管全部符合。比如：

第一，男女主角一定是男的帅，女的美；

第二,男女主角一定有一方家境优越,另一方身世平凡;

第三,男女主角的相识缘于一场误会或巧合;

第四,男女主角平时基本不工作,只为爱情而活;

第五,男女主角常会为了一些小事情绪激动,甚至大吵一架;

第六,男女主角各自都被别人暗恋,暗恋对象会极尽可能地破坏他们。而且通常暗恋男主角的女生都既有心机又美艳动人;暗恋女主角的男生,大部分痴情专一不放弃,让女主角不知该如何拒绝;

第七,男女主角相恋过程中,常会遇到一些阻碍,尤其是父母的反对,因而分分合合;

第八,男女主角相恋过程中,男主角会积极制造浪漫的时刻,经常买礼物送给对方,让这段感情留下永难忘怀的回忆;

第九,偶像剧拍出来的场景都是些很美的画面,让人心旷神怡;

第十,偶像剧最后结局大部分都是完美的,否则就是女主角凄美地因为绝症而死去;

……

怎么样,你看过的偶像剧,情节基本符合上面的"十大元素"吧?!

其实,偶像剧的情节设计一般都有固定的模式,通常从男女主角的偶遇开始,然后就很快地坠入情网。为了吸引观众、制造悬念,主人公的感情要经历种种考验。这些考验不外乎两种:一种是来自于情感本身的考验,比如

《冬季恋歌》里面怀疑是同一家人,怀疑是兄妹,或者家里是世仇;另一种是来源于生活的突变,比如破产、疾病、车祸等等。这些考验被反复综合地使用,往往一波未平、一波又起,如《爱在哈佛》里,女主人公就先后经历了家庭的变故、学业的挫折和严重的疾病。当然,到了片子结局,所有的问题迎刃而解,一切真情得到回报。说到这儿,你的问号又出来了:为什么偶像剧要采用这样一种模式呢?

其实很简单,你想,一部戏剧为了吸引观众不间断地观赏,当然得要让它的剧情高潮起伏,所以,男女主角感情间受到阻碍,就成为偶像剧必要的元素,不论是暗恋对象的破坏,还是父母的反对,都能让观众也跟着来一番提心吊胆,这部偶像剧不就更有悬念、更精彩了吗。而且,在这个"相遇——相连——磨难——结婚"的模式中,具体情节的使用也是大同小异,比如一得病就是白血病、换肾,因为这种疾病需要亲人的牺牲,造成的情感磨难就更能打动观众。让观众在这种反复的模式中,一遍又一遍地去体验剧中人物的情感。

当然,偶像剧为了好看,单依靠这种模式化的情节还不够,下面,青春偶像们就闪亮登场了。

偶像的产生

偶像剧之所以能吸引你,很大程度上缘于剧中的"偶像"们:男主角个个意气风发、英俊潇洒,女主角人人纯洁浪漫、清丽可人。他们的面孔那么青春,服饰那么新潮,观念那么时尚,在镜头前翩然走过,脸上的笑容如阳光般灿烂,仿佛在拍写真集,那种由里而外奔泻而出的亮丽帅气与青春魅力,让人无法抗拒。

然而有一天,有一位你心目中的偶像来到你们学校参加一项活动,你盯着他/她看了好半天,并不觉得他/她的气质有荧屏上那么青春,他/她的笑容也没有电视上那么灿烂迷人,这又是为什么呢?

前面我们已经了解到,不同的镜头和光线可以塑造出不同的影视效果,偶像剧就是一个典型的例子。它调动各种手段,为观众营造出一种现实中几乎无法实现的浪漫和空灵的感觉,不论是男女主角、配角、背景、场地、音乐,甚至剧中人相互赠送的礼物,都经过了精心的挑选,让它们不仅符合剧情,而且和画面的构图、色彩相匹配,形成视觉上的美感。尤其是在拍摄人物的时候,镜头和光线都是根据每位演员的身材和面貌特点来设计的,确保他们把最美丽的一面展现在镜头前。比如韩剧《爱在哈佛》里的女主人公就始终穿着白色的毛衣和外套,并被笼罩在一种柔和的白色光线之下,让人感觉到一种纯净的美;而台湾的《流星花园》则让道明寺永远一身紧身T恤,用时尚的T恤把他柔和、匀称而健美的身材恰到好处地展现出来;日剧《新闻女郎》用镜头一直跟着穿高跟鞋的脚,行走在电视台的走廊,跟进直播现场,镜头上升,女郎回头,一位美丽精干的职业女性在你面前英气勃发;《悠长假期》里,男主角年轻的脸庞隔着玻璃,映照出高贵而忧郁的气质。

因此,偶像的产生,并不是一个自然而然的过程,而是在一个相对完善的娱乐产业背景下和娱乐工业的运作机制下,经过量身定做的包装而出台的。偶像们身体的每一处曲线都经过了设计,偶像剧的镜头绝不会容许他们将真正的形象暴露在你的面前,因为,任何一个现实人物的形象都不可能达到画面中的完美。

偶像有多美?

无论如何,看到那些花样的少男少女,不心生羡慕几乎是不可能的。他们把美丽直接呈现在你的面前,让你在视觉上获得极大的享受并暗自去模仿他们。这里的问题又来了,即使你通过种种努力,变成了和偶像一样的帅哥和美女,你就真的获得美丽了吗?

大多数偶像剧向观众展示的,首先是一种身体的美感,对于影视来说,这种美感比较外化,人们一眼就能看出来,因此最能吸引观众的目光。为了尽可能地表现偶像的美,除了应用镜头和光线之外,很重要的一点就是物质的包装:各种世界名牌服饰在偶像们身上集中亮相,故事情节也大多发生在酒吧、茶座、豪宅、游轮这些装潢考究的社交场所。说到这里,你可能已经看出来了,这种美丽从头到尾都建立在消费的基础上,你看,《冬季恋歌》里的人物,换了多少衣服,出入过多少豪宅。

其实,这些偶像也和卡通片里的卡通形象一样,受到明星经纪公司的操纵。他们本来就是各个明星经纪公司花了很大的心力培植出来的,从挖掘新人,到剧中的外表造型,再到剧末的专辑唱片和媒体造势,这可是一段漫长又精心设计的过程。公司的目的只是要让手上的明星在媒体上发光发亮,成为你所喜欢的偶像。一旦你对他们着迷,你就会忍不住去购买他们代言的品牌和产品,这个时候,明星经纪公司就获得了经济上的收益。

目前,偶像剧正在以无处不在的架势对你展开包围。2006年2月7日,台湾第一部专为3G手机打造的偶像剧举行新闻发布会并宣布上档。这部由年轻偶像陈怡蓉和邱泽主演的偶像剧,是全亚洲第一部的国语手机偶像剧。而且,随着电讯科技的发达,传统偶像剧在搬上手机屏幕之后,剧情将变得更精致、更紧凑、更新奇。

而且,和卡通片一样,偶像剧的副产品开发日益繁荣,韩剧《大长今》以平均47%、最高57.8%的收视率在韩国电视剧史上留下一笔之后,它掀起的新一波韩流渐次席卷美国、中国……《大长今》的相关商业活动层次也更加丰富:在MBC文化山庄建成了"大长今"主题公园;《大长今保养饮食》一书已经出版;以"大长今"冠名的主题旅游也空前火爆,包括济州岛、韩国民俗村、昌德宫、华城行宫、安乐邑城等电视剧的取景地;韩国观光公司在澳大利亚中国城举办了"大长今韩国观光文化晚会",等等。目前,在中国有关"大长今"的商品包括韩服、中药、料理等等,共计1300多种,四川还出现了"大长今"泡菜火锅。

韩国偶像的影响力还不止于此:韩国影星喜欢整容的风气带动了韩国整容业和服装业,在中国大城市的街头和出租车上,随处可见韩国整形师主阵的整形医院广告。

出品偶像的商家用外在的美来吸引你,但你明白,在实际生活中,让你美丽的方式可以有很多种,而且,更多的美,并不在于是否打扮成金城武的造型、是否使用了金喜善代言的手机,而在于,你是否拥有一颗智慧、坚韧而宽容的心灵。

青春知多少?

很多人喜欢青春偶像剧,主要缘于剧中所表现的青春激情和幻想,让你感觉到青春的美好,就像一个美丽的梦,让你对它充满憧憬。

然而,不知你是否注意到,偶像剧中的青春,有相当的一部分总是和财富相联系,剧中经常出现香车美女和豪华府邸,有的一上来就是子承父业,男主人公大学还没毕业就已经拥有一切,他们有大量的时间和金钱,可以拒绝所有规范的生活方式;他们不学习,成天游荡在校园和各种消费场所;他们随意破坏各种规则,让整个学校惶惶不可终日;他们突破门第界限,"无可救药"地爱上漂亮女孩;他们用所有的时间来恋爱,来挥霍自己的青春。

也许你对剧中表现出来的那份青春自由无限向往,但你必须看到,你的青春,有着远比他们更丰富的含义。

在现实中,青春的确充满了无限的可能,但这种可能不是用来挥霍的。青春最大的价值之一就是你拥有旺盛的精力用来求知,拥有全部的热情用来奋斗,拥有无限的时间来爱你身边的每一个人。事实上,一些青春偶像剧已经让你看到另一部分的青春:像《东京爱情故事》里面的丽香,虽然有些疯疯癫癫,但是她的单纯、善良和真挚,洋溢着青春的清纯与美好,而且,她的这些美好影响了周围的人；又如《爱在哈佛》里的秀茵，通过自己的努力考入哈佛，并用毕生的精力追逐着"一个医生"的梦想；《大长今》里的长今在苦难中表现出来的倔强和顽强，深深地打动了每一个人，那种不畏困难的坚韧精神，就像石缝下的杂草一样，越是被压迫越有无限的潜能。

正如你的青春无限丰富一样，偶像剧里的青春也有很多种，纨绔子弟的挥霍是一种，不甘平庸的奋斗也是一种；香车美女的诱惑是一种，挑战命运的顽强则是另一种。它们在不同的偶像剧中同时存在。因此，当你在关注青春偶像的同时，不妨也想一想，他们身上表现出来的是哪一种青春、哪一种魅力。偶像剧为你提供了一种完美的憧憬，你正好可以藉此再给自己添一份追求完美的动力，你可以像秀茵那样靠自己的智慧去增加青春的价值，像长今那样用自己的坚忍实现未来的生活理想。真正的青春并不在于一掷千金的所谓豪爽，也不在于为了爱情不顾一切的所谓勇气，而在于一种精神，一种奋斗的、向上的、永不妥协的飞扬激情。

你感到自己总是被学校、家长的种种清规戒律束缚着，所以向往青春偶像的自由；你感到自己的生活过于单调，所以羡慕着青春偶像的沙滩和咖啡馆；你感到自己的形象不如青春偶像美丽，所以拼命购买他们的服饰和化妆品……其实，有这种想法的不仅是你，还有很多偶像剧迷。因为人们总是怀念青春的美好——尤其对于那些青春已逝的人来说，那是一种没有办法挽留的美好。但是，偶像剧中的青春，大多建立在一种虚幻的背景之下，而且往往局限于公式化的商业制作，人物性格大多平面而且简单,甚至有时候会处于一种超乎现实的非理性状态。你完全可以欣赏其中的美好,把剧中人的执著、顽强和坚忍植入自己的青春,但也要看到,偶像和你的生活之间存在着相当大的距离。事实上,你的青春完全有可能比偶像们的更加立体,更加繁茂,更加美丽。

想一想:

1.为你所看过的偶像剧列出主要情节,总结各个剧情发展的共同规律。

2.列出你所看到的偶像们的商业活动,并分析其影响。

3.挑一部你最喜欢的偶像剧,分析人物性格及其吸引观众的原因。

和电影一起
成长……

八

如果你想浏览世界电影盛宴，花去整整一年的时间也不为过，单就那些五花八门的电影节就够你看一阵子的了：二月的柏林金熊奖、奥斯卡金像奖，四月的戛纳金棕榈奖，六月的悉尼电影节，九月的威尼斯金狮奖……作为一种艺术形式，电影和小说一样，运用各种各样的虚构手法，编织出一个个幻彩迷离的时空，让观众在紧张的生活之余得到休闲和娱乐。而且，任何一部电影包含的因素都是多元而丰富的，它的情节结构和技术水平，能够反映出一个国家的历史和现实，它的票房收益将折射出一个时代的大众心理……对于同一部电影，你、我、他，每一个人读到的内容都不一样。总之，电影是一门向你开放的艺术，你从电影里获得的是精华还是糟粕，取决于你自己。

你第一次看电影是什么时候？那时看到银幕上的火灾，会不会害怕得紧紧抓住椅子扶手？而看到剧中人物的大团圆结局，是不是又忍不住为之欢笑？很多人第一次的电影经验都伴随着恐惧和惊喜，因为前方的银幕和人物是如此巨大，充满了有趣的阴影和明亮的颜色，向你展开幻想中神秘、惑人、充满趣味的景象。现在，银幕后面的世界已经为你揭开，当你再一次走进影院的时候，感觉有什么不一样吗？

你知道电影是怎么拍出来的，也知道什么是蒙太奇手法，看到了电影和现实的距离，析出了各种影片中隐藏的判断和价值观，了解到一部电影中消极和积极因素并存的状况，对你来说，这个世界已不再神秘。因此，你完全可以自信能够成为它的主人，欣赏它、分析它、批判它、运用它，你将会尽可能地从电影中获得更多的东西，在电影中学习，和电影一起成长。

欣赏电影的美

你看电影的理由有很多，比如，在辛苦学习了一天、一周乃至一个月之后，在一个空闲的下午或晚上进入另一个世界，无疑是一件轻松而又刺激的事情。你知道，电影能为你提供娱乐，让你暂时"逃离"日常生活里一成不变的枯燥。实际上，电影给予你的，并不只有娱乐一项，作为一项艺术，它能够让你欣赏到或壮丽、或优雅、或刚强、或阴柔的美感。

最直观的美感当然来自画面。无论是《金刚》中夕阳在空谷中投下的绚丽余晖，还是《卧虎藏龙》中碧波荡漾的神秀山水，抑或《断背山》里宁静辽远的世外双峰，都为你带来了一场视觉的盛宴。随着现代技术的发展，电影画面制作越来越精致，一个个镜头就像一幅幅丰润灵秀的水彩画，唤醒潜藏在你心中的对美的向往。

大部分电影会为画面配上优美的音乐，让你同时获得听觉的享受。就拿那些经典老片来说，它们的主题曲和影片一起流传于世，如《魂断蓝桥》中的《友谊地久天长》、《泰坦尼克号》中的《我心依旧》，就连红极一时的《神话》和《功夫》的主题曲都已经被制成手机彩铃。画面是具体的，而音乐是抽象的，能够引发你产生无尽的遐想。一部电

影看得久了，你可能已记不起影片的故事细节，但某天偶尔听到电影的主题曲，便会涌上一种熟悉而亲切的感觉。

当然，电影中最美的元素还是情感。就像那些经久不衰的文艺作品一样，一部优秀的电影能够传达出一种崇高而纯洁的情感，震撼人们的心灵，净化人们的灵魂。这种情感并不局限于爱情，而是多样的、深沉的、让你触摸到人性深处的善良与无私。比如张艺谋的《千里走单骑》，影片讲述的是 20 世纪 20 年代一对日本父子的故事，片中的儿子从事戏曲研究，不幸患上绝症。父亲为实现儿子的夙愿，带他到中国学戏。影片中流露出来的父子真情，令很多人唏嘘不已。又如美国大片《金刚》，从故事情节上虽然未脱好莱坞猎奇的窠臼，人与猩猩的恋情设计非常离奇（这一点，我们在前面谈到电影和现实的距离时展开过讨论，你可以回想一下哦），但是，这部影片也写出了一种自然界中存在的最本能最质朴的"大爱"，让你看到了爱的力量可以无私到放弃生命，可以无边到超越物种。

电影有它虚幻的一面，而且，作为一种人为创造出来的作品，电影不可避免地要受到创作者的价值观和偏见的影响，但是，正像一枚硬币会有它的两面那样，电影中也还有很多值得你去欣赏的地方。而美，也已经成为评判一部电影是否优秀的重要标准。

不可否认，有很多文化品位平平、充满低俗趣味的电影通过艺术之外的宣传手段，取得了显赫一时的成功，但是，不知你是否注意到，这些五光十色的美妙景象很快便如泡沫般地消失了。实际上，电影界商业手段虽然可以把一部优秀的电影炒得热火朝天，但绝不能改变其真善美的价值。而作为一名同样优秀的电影观众,你将用自己的眼睛去发现、用心去体会闪烁在银幕上的真善美,并把这些美丽的因子融入你的生活,把美传递给你身边的每一个人。

从电影分析现实

你已经看到了电影和现实的距离,在了解了电影的虚构本质之后,现在,你不妨从另一面入手,分析一下电影的现实价值。

作为一门受到大众欢迎的艺术,电影在任何时候都是时代的产物,正如你的思想要受到你的老师、同学、家长、朋友的影响一样,电影制作者的想法也离不开他们的生活环境。你可以从银幕上的生死恋中看到人们对于爱情的渴望,从警匪决斗中看到现代人生活的无聊和空虚,从英雄角色的塑造中看到现实社会中精神领袖的缺乏,从西部的浪漫中看到观众对于原生态生活的向往,从无处不在的卡通形象中看到文化商业的繁茂,从偶像的流行中看到人们对青春岁月的流连……电影呈现的可能只是情感的零碎片段和历史的残章断简,但是,这并不妨碍你去揣度情感的全部和历史的真相。事实上,如果你有意识地将二者进行对比,你会发现很多有意思的东西。

早在本编开头你就编过了剧本,并跟着电影人一起去做过市场调查,知道一部电影在出品以前,制作者们会尽可能地去了解这个时代的观众在想什么、需要什么,这样拍出来的电影才能够投观众所好。既然知道了这样的流程,你就完全可以试着从制作者们的作品中,看到和你同时代的人都有哪些需求，从而在头脑里对你身边的世界描绘出一个现实的图景。

相比之下，欧洲的电影导演对现实的思考更加深入，给你的启示可能会更大一些。其实，欧洲才是电影的发源地，"好莱坞"模式的商业电影最早也脱胎于此。欧洲电影在艺术探索和历史思考方面都给世界持续地提供着精神营养，不会轻易随市场的风头变换而不顾原则地改变自己的发展方向，从这一意义上说，严格定义的世界电影史是与欧洲电影艺术紧密相连的电影史。由于没有像好莱坞那样浓郁的商业气息，欧洲电影不太猎奇，故事相对平淡，但那种独特的意境以及对历史和人的关注，能够拓宽你的视野。

有一部法国片《放牛班的春天》，讲述的是一位优秀老师和一群调皮学生的故事。他们共同生活在一个叫做"池塘之底"的工读学校，那里的学生都是"问题孩子"，有的甚至失去过生活的希望。但是，这位老师用他自己创作的音乐唤醒了学生内心深处对于美的向往和追求。后来，他的学生成了作曲家、指挥家，开始了各自美丽的生活。

和你惯常看到的好莱坞大片不同，这部电影很少使用特技，整个氛围宁静而温馨，你从中可以看到对于人性深处的执著探索和对于世界本质的严肃思考。你再往深想一想，片中对于宁谧生活的赞美，是不是也反映了你内心深处的某种渴望？现代化的都市让我们都习惯于快节奏地学习和生活，累了就在影剧之类的人工快餐文化中勉强地歇一歇脚，以致我们忽视了去体会生活中存在的自然之美，也忘记了这个世界上还有一种不带任何烟火气的纯净。

电影还可以这样看

你平时是怎么看电影的？是走马观花看完了就完事，还是在感动一时之后就什么都不记得了，或者更糟，学习的时候想看电影，看电影的时候又惦记着今天的作业还没有写完？不论答案肯定与否，我们现在先来试一试一种新的观看方式。

首先请你把今天的学习任务全部完成，最好是一个比较空闲的周末的下午，你拿来一本电影院的简讯，基本了解了今天的放映场次和几部影片的内容，最好还看过它们的创作人员名单，挑选出一部你最感兴趣的片子，然后——不要再犹豫了，出发去影院吧。

这一部电影的故事很感人，你在整个观看过程中用全部的身心去享受片中的画面、音乐和情感，和电影里的人物一起欢笑、一起哭泣。走出影院的时候，你的脸上可能挂着笑容，也可能挂着泪花。这个时候，你对这部电影的感觉最直接，也最宝贵。不要忘了，一回家，就尽可能地把你的感觉用文字记录下来，作为你的电影心得。

请你保存好这份心得记录，或者干脆写在日记本上。过了一段时间，你在书桌前学习得头昏脑涨的时候，你又想起了这部电影，而且影院还在放映——目前国内的影院总是轮番上映同一部大片，所以你不必担心没有重复观看的机会——那么，你再次出发，这一回，别忘了把刚才写作业的那支笔也一块儿带上，再加上一本小记事簿。

千里走单骑

Riding Alone for Thousands of Miles

不伸手　仍可拥抱
天空下　总有真情

这一次看,由于你对情节已经熟悉了,那么,你可以开始记笔记。记下这部电影的人物,划出他们之间的关系和矛盾——电影的故事总是通过人物间的矛盾来发展的——你会发现,原来每一个人物的出场、每一处物品的摆放都有独特的意义。比如,主人公甲进门时很随意地在桌子上放了一支枪,你上一次看的时候完全没有注意,但这一次你注意到并把它记录下来,几分钟后,主人公甲就向主人公乙举起了那支枪。

你会发现电影的叙事脉络也是很有意思的,主人公甲和主人公乙原本素不相识,片子在开头只是展示了他们两个各自的生活,但是凭着一股直觉,你知道他们之间必然有着某种联系,于是你先把那些发生在他们身上的事情记录下来。果然,故事发展到最后时,你发现这些先前的事件全部"跳"了出来,对最终的结局产生了巨大的影响。

弄清楚了人物间关系和故事发展脉络之后,你还可以想一想,影片的制作者为什么让主人公甲和主人公乙成为敌人而不是朋友和恋人,而且,在故事发展的过程中,有没有一些细节让你觉得"假"而无味,如果由你来设计的话,能不能比影片的制作者干得更好?

你可以对照第一次的观后感,想想这部电影给你的总体印象是欢快、活泼还是沉郁、严肃,你为什么会有这样的感觉?影片中用了哪些光线、哪种镜头和角度来表现这种气氛? 比如影片《发条橙子》最有意思的是摄影和制作设计,《放牛班的春天》给你印象最深的是音乐,而希区柯克的《惊魂记》则是通过蒙太奇和影像的明暗表现出一种讽刺的意味。就像你看一幅画的时候,会注意到画的内容和风格是什么样的,画框和画面是不是相配一样,你可以对电影展开同样的观察,并提出同样的批判。

如果你有时间,你还可以从互联网上搜寻一些这部电影的影评,看看不同的人对于这部电影有些什么不同的评价。这些人中可能有导演、演员、电影爱好者,也有像你这样的普通观众,或许还有第一次看电影的人。他们的意见可能和你相同,也可能和你相左,那么,你不妨也尝试着把你的感想和笔记发表出去,表达出自己的观点。没准儿,你看到的问题可能比那些专业人士提出的还要到位呢。

当然,你还可以想一想,电影究竟和绘画、小说、或者户外游泳竞赛有什么区别?虽然它们都能让你放松,给你愉悦,但是,你从电影里获得的放松和愉悦,显然和其他艺术形式不同。你和你的同学们在不同的时间段,可能会选择不同的方式进行休闲。那么,你有没有兴趣对此进行一次调查呢? 去了解一下你的同学们的休闲方式和相关心理,相信你又可以从中学到不少东西。不过,这个话题,就离咱们的电影讨论有点远了。

和电视相比，电影的历史更长，艺术性更强，蕴含的思考更多，你在看电影的时候恐怕也要比看电视更专心些——你可能会开着电视写作业、听音乐，而在电影院里，你的全副精力都被前方的银幕吸引了——这就是电影和电视最明显的区别。但对于你来说，两者之间有一个共同点，那就是，无论是在观银幕还是在荧屏面前，你都不要忘了保持自己思想的独立性，对片中的内容去粗取精、去伪存真，看清哪些是虚幻的，哪些是合理的，哪些是价值偏见，哪些是真知灼见，尤其在面对暴力和一些不合理的违法现象时，你完全可以行使自己的权利，向有关部门反映，从而促进影视业的改进和发展。记住，你才是影视真正的主人。

想一想：

　　1.电影中让你产生美感的因素除了画面、音乐和语言，还有哪些，试着把它们列举出来，并举例说明。

　　2.分析一部影片，看看它表现了什么样的社会现状。

　　3.自己写一个剧本，并用 DV 将其拍成一部短剧。注意应用你所知道的所有影视手段，拍成后放给你的同学和朋友看，听听他们的评价。

图书在版编目(CIP)数据

梦幻制造者——电视、电影和我/王煜编著.—福州：
福建人民出版社,2007.7
(魔镜丛书)
ISBN 978-7-211-05503-6

Ⅰ.梦… Ⅱ.王… Ⅲ.①电视(艺术)—文
化—研究②电影—文化—研究 Ⅳ.J90

中国版本图书馆 CIP 数据核字(2007)第 042321 号

魔镜丛书

梦幻制造者——电视、电影和我
MENGHUAN ZHIZAOZHE——DIANSHI、DIANYING HE WO

───────────────────────────────

作　　者：王　煜　编著
责任编辑：潘静超
出版发行：福建人民出版社　　　电　　话：0591－87533169(发行部)
网　　址：http://www.fjpph.com　电子邮箱：211@fjpph.com
地　　址：福州市东水路 76 号　　邮政编码：350001
印　　刷：福州彩虹制版印刷有限公司
地　　址：福州市东水路 55 号　　邮政编码：350001
开　　本：850mm×1168mm　1/32
印　　张：7.125
插　　页：1
字　　数：131 千字
版　　次：2007 年 7 月第 1 版　　2007 年 7 月第 1 次印刷
印　　数：1－2000
书　　号：ISBN 978-7-211-05503-6
定　　价：17.50 元

───────────────────────────────

本书如有印装质量问题,影响阅读,请直接向承印厂调换

版权所有,翻印必究